KB102411

아리수 너구리

아리수 너구리

최병진 지음

좋은땅

인간의 모든 시간을 원래대로 맞추기 위해, 또 한 아이의 삶을 신이 조율한다. 하지만 아이의 삶은 자신만의 의지대로 돌아간다.

아이의 시간을 통해 모든 인간이 하나가 되길 바라며.
신은 간절한 심정으로 보낸다.

아이 이야기….

(속사람)나는 눈으로 보이지 않는 존재이다.

항상 인간 마음속에 존재한다.

그 마음속에서 나는 신(神)이 주신 임무를 충실히 한다.

인간들은 대부분 모른다. 그래서 신은 보이는 인간 즉 2500년 전의 석가모니, 공자, 소크라테스, 500년 후 예수를 인간 가운데 보여 주었다.

하지만 신은 가슴이 아팠다.

이치와 깨달음을 주었는데 실천보다는 선을 악으로 이용하는 그런 인간이 점점…….

나는 잘 알고 있다. 인간보다 더 오래전에 존재한 생명들은 신의 마음을 너무 많이 슬프게 했다.

신은 우주 전체를 깨끗하게 청소하였다.

먼지 하나 없이……. 그리고 다시 우주에 높은 온도와 밀도를 가진 상태로.

유지 후………….

오랜 시간 후 신은 당신 모습과 아주 똑같은 인간을 지구라는 곳에 정착시켰다.

나는 1976년 12월 31일 저녁 7시, 한 아이의 마음에서 임무가 시작되었다.

아이와 나는 어려 말을 못 한다. 하지만 나는 다 알고 있다.

하지만 아이는 오직 웃음과 울음으로 표현한다.

나는 아이 눈으로 보는 것, 꿈속에서 보는 것, 그 시간에 아주 밝고 선명한 색깔을 많이 보여 준다.

지구 섭리 중에 아이의 고향을 배경으로 아이 마음이 착해지라고, 선해지라고 항상 풍요로운 자연환경과 온화한 기운을 준다.

엄마에 간절한 사랑 덕분에.

아이가 말을 하기 시작한다.

"마, 마, 맘마……."

이 순간부터 나의 역할을 발휘해야 한다.

인간들 또한 자기중심을 아이에게 가르치기 시작한다.

나는 신의 창조 목적인 근본적인 사랑을 위해 시작한다.

시간은 빠르게 흐른다.

조그만 방에 아이 엄마와 아이 동생,
아이가 깊은 잠을 자고 있다. 조용한 새벽에 아이 아빠가 술에 너무 많이 취해,
몸을 제대로 균형을 못 잡고, 비틀비틀하며 미닫이문을 조금 연 상태로,
온갖 인상을 쓰며 말한다.
"야! 일어나. 남편이 오면……, 일어나야 하는 거 아냐!"

아이 엄마는 피곤한 눈을 뜨며 습관처럼 이불을 펴며 간절하게 말을 한다.
"얼른 자요."

아이 아빠는 아무 이유 없이 아이 엄마를 때리기 시작한다.

아이는 누운 채, 지금 상황에 당황과 이해를 못 한 채,
몸이 굳고 마음이 너무 아팠다.
'아빠! 그냥 주무세요. 제발 부탁해요.'

아이 동생도 눈만 감았지 공포 분위기에 소리 없이 울고 있었다.
아이 아빠는 담배를 피우며 말한다.
"물, 물, 물 가져와!"
목소리 톤이 조용했다.
아이 엄마는 이 순간을 빨리 정리하기 위해,
부엌에서 물을 한 대접 떠 온다.

한 손에는 담배를 집고, 물을 한 모금 마신 후 이상한 소리를 한다.
"너……, 뭐 잘못했어?"
아이 엄마는 그 질문에 모든 걸 포기한 채, 피곤한 얼굴에 긴장을 하고 말한다.
"내가 잘못했어……. 그러니까 그냥 주무세요."
아이 아빠는 담배를 방바닥에 버리며, 다시 아이 엄마를 때리기 시작한다.

아이는 용기를 내 자리에서 일어나 아빠를 쳐다보며 간절한 목소리로 외쳤다.
"아빠……."
아이 아빠는 아이를 보며 현 상황에 정신을 차리고,
방을 사방팔방 세밀히 보며 말한다.
"자… 자자……."

미안한 마음에 아이 아빠는 아이를 부르며, 다시 담배를 피운다.

미안한 표정으로 말을 한다.

"아빠가 어렸을 때 뭐 했는지 알아?"

아이 아빠는 창가가 밝을 때까지 아이에게 역사 이야기를 했다.
아이는 몸과 마음이 피곤했지만, 아빠가 무섭다는 생각 때문에,
한 자리에서 그대로 듣고만 있었다. 아이 동생도…….

아이 엄마는 지친 몸과 마음으로 부엌에서 아침밥을 준비한다.
아이가 학교 갈 시간, 아이 아빠는 코를 골며 잔다.
이런 생활이 반복에 반복…….
집에 오면 술에 취해서 오고, 며칠 집에 안 오면 노름방에 있고,
그 지역 인간들이 욕을 해도, 아이 아빠는 무감각해 보였다.

아이 엄마는 새벽 일찍 일을 하러 간다.
인삼밭에 덮는 덧발, 볏짚으로 꺼치 만드는 일을 하신다.
밤늦은 시간까지 쉬는 시간도 없이 일만 한다. 만드는 수량만큼 수당이 나오는 일이라. 그래도 집에만 오면 아이들을 보며 웃는 얼굴로 말

을 하고,

따뜻한 저녁밥을 차려 준다.

아이 엄마가 종종 야간 근무를 하면 아이는 동생하고,

방 청소 후 미리 차려 놓은 밥을 먹는다.

주말은 비무장 지대와 38선이 보이는, 산속 작은 마을에 계시는

아이 할머니에게 인사를 한다.

아이 할머니는 치매가 있고, 몸과 마음이 너무 지쳐 방에만 누워 있다.

말도 못 하고 천장만 바라보며 거친 숨만 쉰다.

아이 엄마는 할머니 목욕을 시키고,

한 주일 먹을 양식을 준비하시고, 다시 집에 온다.

그날 새벽.

아이 아빠는 몸을 비틀거리며, 사람들이 지나가는

길과 울타리, 대문 없는 방 사이 경계인 미닫이문을 연다.

순간 술 냄새가 방 안 전체를 공포 분위기로 변화시킨다.

아이 엄마를 발로 툭툭 차며 말한다.

"물 떠 와!"

아이 엄마는 얼굴도 안 마주하고 일어나, 온몸을 웅크리고 작은 문을 열고 부엌으로 가 물 한 대접을 가져와 주며, 다시 얼굴도 안 보고 눕는다.

아이 아빠는 담배를 피우며 또 말한다.

"야! 재떨이 가져와!"

이웃에게 창피한 아이 엄마가 다시 재떨이를 가져다주는 순간,

아이 아빠는 온갖 인상을 쓰며, 충혈된 눈으로 말한다.

"너 잘못했어, 안 했어?"

아이 엄마는 아무 말도 없이, 모든 것을 포기한 듯 방바닥만 본다.
아이 아빠는 담배를 재떨이에 털고,
일어나 온갖 욕을 하며 아이 엄마를 때리기 시작한다.
조그마한 하나뿐인 방에서,
아이와 동생은 자는 척만 할 뿐 가슴이 너무 아팠다.

아침.

아이 엄마는 부엌에서 밥상을 들고 들어와,

방에다 두고 자고 있는 아이 귀에 대고 속삭인다.

“아빠 일어나면 같이 먹어. 알았지?”

아이는 고개만 끄덕였다.

방 안은 아이 아빠의 코 고는 소리로 가득했다.

늦은 점심이 되어 아이 아빠는 안 좋은 꿈을 꾸었는지,

벌떡 상체가 순식간에 일어났다.

놀고 있던 아이와 동생은, 아빠를 보며 두려운 목소리로 속삭인다.

“식사하세요.”

아이 아빠는 방 안을 유심히 보며, 아무 말도 없이 밥상을 한참 본다.

아이는 아빠 얼굴을 보며 무섭지만 궁금한 마음에 말을 한다.

“아빠, 엄마가 뭐 잘못했어요?”

아이 아빠는 아이 얼굴을 제대로 못 본다.

천장을 보며 긴 한숨을 쉰다. 또 천장을 보고 긴 한숨을 쉰다.

주말 새벽.

아이 엄마는 굳은 결심을 한 얼굴로,

아이와 동생을 할아버지, 할머니 집 마당에 세우고,

눈에 힘을 주고 말을 한다.

“엄마 올 때까지 무조건 건강해! 알았지?”

공중전화 박스 안에서 아이 할아버지에게 통화를 한다.

아이 할아버지는 전화 수화기 속의 말을 들으며,

아이와 동생을 보며 말없이 얼굴이 굳어진다.

“아버지, 한 달만 아이들을 부탁해요!

방 구할 돈만 마련해서, 아이들 데려갈게요. 부탁해요.”

다음 날 아침,

아이 할아버지는 할머니 식사를 시키고, 아이들과 식사한다.

“밥 먹고 할아버지랑 뒷산에 가자.”

아이 할아버지는 오른쪽 다리를 절뚝거린다.

6·25 전쟁 때 총알이 종아리를 스쳐 지나갔기 때문이다.

그리고 무뚝뚝하다.

아들과 똑같다.

그러나 담배, 술을 안 한다.

고추를 따기 시작한다.
할아버지는 모든 잡념을 잊으려고, 점심밥 시간이 훨씬 지나서도,
일만 하자, 아이 동생이 지쳐서 말한다.
"할아버지, 배고파요."
할아버지는 아이들을 보며 허리를 곧게 한다.
검붉은 얼굴의 할아버지는, 누런 이가 보이며 미소 짓는다.

고추밭은 할아버지, 할머니가 산 중턱에 손수 고된 시간으로 만드셨다.
저녁 식사를 하고, 할아버지는 설거지를 하고,
아이들은 할머니하고 눈만 마주 보다, 갑자기 가슴이 뭉클해진다.
엄마가 보고 싶어서…….

할아버지는 아이들을 보며 서랍장 속에서, 한 권의 책 속에서, 지폐를

꺼내
지폐에 정성껏 글을 쓰고서 한 장씩 준다.
“돈 속의 이 인물이 누군지 알아?”
아이들은 몰라 고개만 흔든다.
“몰라? 퇴계 이황 선생이시다. 그분을 알면 세상 이치를 알지.
너희 부모가 알아야 하는데…….”

아이 할아버지는 혀를 차며, 아이들에게 이불을 펴 준다.
그날 밤 아이는 이불 속에 파묻혀 조용히 눈물만 흘린다.
엄마 생각으로, 다시 할아버지가 준 돈 주인공을 유심히 본다.
한참을 보다 그대로 돈을 들고 잔다.

(속사람)나는 아이의 꿈속으로 간다.

아이가 눈을 뜬다.

할아버지 동네 풍경이 연하고 밝은 물감으로, 색칠되어 따스한 느낌을 느끼게 해 주고,

아이가 걸을 때 땅이 아닌 구름 위를 걸어가는 기분을 내주고,

동네 입구에서 할아버지 집까지 매화나무로 인도하였다.

눈꽃 색, 맑고 깨끗한 홍색, 기분 좋아지는 연한 초록색, 지구에 있는 모든 색 중에 감동을 주는 색으로 할아버지 집 대문 앞까지 인도하였다.

대문이 열린다.

누렁이와 흰둥이가 아이를 반긴다. 아주 공손히 양옆에서 두 다리로 서서 깍듯이 인사하며, 눈망울이 초롱초롱하고 입은 양쪽 귀에 걸려, 할아버지 방으로 안내한다.

집 주변은 조용하면서도, 사방 사물들이 투명할 정도로 밝고,

깨끗한 공기는 아이의 정신까지 공급하였다.

집 주변에 아이는 설레고 기분이 너무 좋아, 할아버지 방 앞에 도착한 줄도 모르고,

누렁이의 손짓으로 아이는 정신을 차린다.

흰둥이가 말을 한다.

"선생님, 아이가 왔습니다."

방 안에서 다정다감한 목소리가 들렸다.
아이는 느꼈다.
할머니가 건강하실 때 부르던 그 감동 그대로,
아이 몸속으로 스며들었다. 할머니의 눈, 코, 입술 이 모든 것이,
사랑으로 가득해 들리는 소리.
"에그……, 우리 새끼 왔어?"

아이는 서슴없이 방문을 열고 들어간다.
방 안은 온화하면서 아이의 마음을 편안하게 보호해 주는 공간으로 형성되었다.
할아버지가 준 돈의 주인공이 앉아 계신다.
조그만 상에 하얀 매분이 있고, 종이와 붓이 있고,
그 옆 바닥에는 조그만 주전자가 있다.
"이리 와 앉아라."

아이는 눈이 커지며 신기하다는 듯 보며 말한다.

"누구세요?"

퇴계 이황은 미소만 지으며 말한다.

"나랑 이야기하자. 아이야."

아이를 보며 할머니 같은 표정으로 이황이 다시 말한다.

"힘들지?"

아이는 고개만 끄덕끄덕한다.

퇴계 이황이 이어 말한다.
"그래, 나 또한 힘든 시절이 있었지…….
누구나 다 힘들지. 가족 때문에, 민족을 위해…….
껍데기를 벗어 버리면 자유인데……."
아이는 이해 못 하지만, 마음속 깊이 스며드는 느낌이 좋아 보인다.
퇴계 이황은 다시 미소 지으며 이야기한다.

아이 또한 서슴없이 자신 이야기를 한다.

한참을 아주 한참을 이야기하여도, 퇴계 이황은 인자한 할머니 그 미소로 다 들어 주었다.
아이의 속이 너무 편해서 다시 세상으로 가도 문제가 없어 보였다.
이황은 붓을 들어 종이에 글을 쓰며 절대로 이 글을 잊어버리지 말라는 듯,

아이를 보며 쓴다……. 다시 붓을 놓으며 말한다.

"아이야, 세상을 밝히고자 하는 자는 먼저 그 나라를 다스리고,
그 나라를 다스리고자 하는 자는 먼저 그 집안을 가지런히 하고,
그 집안을 가지런히 하고자 하는 자는 먼저 그 몸을 닦고,
그 몸을 닦고자 하는 자는 먼저 그 마음을 바르게 하고,
그 마음을 바르게 하고자 하는 자는 먼저 그 뜻을 성실히 하고,
그 뜻을 성실히 하고자 하는 자는 먼저 그 지식을 지극히 하였으니,
지식을 지극히 함은 여기 있는 매화꽃이 활짝 피는 것과 같다.
사물의 이치가 이른 뒤에 지식이 지극해지고,
지식이 지극해진 뒤에 뜻이 성실해지고,
뜻이 성실해진 뒤에 마음이 바르어지고,
마음이 바르어진 뒤에 몸이 닦아지고,
몸이 닦아진 뒤에 집안이 가지런해지고,

집안이 가지런해진 뒤에 나라가 다스려지고,
나라가 다스려진 뒤에 세상이 태평해진다.
아이야! 이 글을 꼭 기억해라."

글 쓴 종이를 아이에게 주었다.
아이는 자신도 모르게 무릎 자세를 하며 겸허히 받았다.
퇴계 이황은 온화한 미소를 지으며 말한다.
"아이야, 매분에 정화수를 주어라."

아이는 바닥의 주전자를 들어 하얀 매화에 물을 준다.
그 모습을 지켜보던 퇴계 이황은 말을 한다.
"아버지 마음을 알 때가 있을 거야."

아이는 눈을 뜬다.
꿈이라는 것을 알자 안타까운 마음이 큰지,
손에 들고 있는 돈을 보고 또 보며 미소를 짓는다.
그런데 퇴계 이황 가슴 쪽에 한자가 쓰여 있다. 「理」

밖에서 마당 쓰는 소리가 들려 방문을 여니,
새벽이슬 속에 할아버지는 묵묵히 빗질을 하다,
따스한 미소로 아이를 보며 말한다.
"세수해야지."
아이는 큰 소리로 말한다.
"예!"

집 앞 시냇가로 가는 중 대문 양옆에서, 누렁이와 흰둥이가 아이에게
고정되어 꼬리를 힘차게 친다.

아이는 반가워 머리와 몸통을 쓰담쓰담한다.

고추밭 정상에서 밑을 보면 한 층, 한 층 계단식으로 되어,
푸른 벼가 태양을 보고 있다.

너무 뜨거워 아이와 동생은 나무 아래서 할아버지 일하는 모습만 바라본다.
할아버지는 고추를 따며 안쓰러운 얼굴로 아이들을 본다.

시냇가에서 손을 씻고 나무 아래서, 아이들에게 도시락을 펴 준다.

아이는 할아버지를 후각으로 느낀다.
고추밭에 오기 위해선 온갖 나무를 스치고, 돌과 흙 위를 불편한 발로 움직여, 온몸을 땀으로 씻어도 그 향은 변함이 없다.
꿈속에서 느낀 퇴계 이황의 은은한 향, 매화 같은 향이다.

아이는 돈을 보여 주며 말한다.
"할아버지 돈의 이 글씨가 뭐예요?"
할아버지는 미소 지으며 말한다.
"찾았구나! 다스릴 리「理」."

아이가 돈 속의 글씨를 보며 땅에다 정성껏 쓰자 할아버지가 말한다.
"앞으로 평생 깨달아야 한다. 태양이 있고 새벽이슬이 있고, 바람이 불고, 땅에서 고추가 살고, 나도 너도 사는 것. 이 모든 것을 아는 것이 이치지……."

할아버지가 아이 얼굴을 보자 아이는 대답한다.
"예."
또 말을 한다.
"지금은 소나기가 내리면 좋겠다. 너무 답답하구나."

하루 일과를 마친 할아버지는 소를 몰고,
아이들은 달구지 타고 집으로 간다.
아이는 집에 가면 엄마가 밥을 하고 있을 것만 같은 강한 간절함을 보인다.

아이는 하늘을 보고, 땅을 보면서 다짐을 속으로 되새김질을 한다.
'엄마가 다시 오시면 항상 웃어야지. 안마도 해 드리고, 심부름도 잘하고, 동생도 잘 챙기고, 집 청소도 해 드리고…….'

아이 할아버지는 소고삐를 잡고, 소막으로 가면서 부엌을 본다.
무뚝뚝한 얼굴이 미소로 바뀌며 말한다.
"소나기가 내리는구나."
아이는 할아버지 얼굴을 보고 엄마가 왔다는 것을 눈치챘다.
아이 동생은 엄마를 보고 서글펴 울기 시작한다.
아이 엄마는 아이와 동생을 품에 안고 말한다.
"앞으로……, 절대로 너희들을 두고 안 갈게……."

아이는 엄마 품에서 하늘을 보며 다시 한번 속으로 간절히 말한다.
'감사합니다. 약속 지킬게요.'
엄마 또한 지금 한 말을 육신이 다하는 날까지 지키는 사람이었다.

새벽.
할아버지와 엄마의 잔잔한 대화 소리에, 아이는 눈을 뜬다.
"죄송해요……. 신경 쓰게 해 드려서……. 아이들만 보고 살게요."
할아버지는 고개를 흔들며 말한다.
"아니다. 자식 교육을 잘못시킨 내가 미안하구나.
우리 서로 용서하는 마음으로 살자꾸나."

아이 엄마는 아이를 보고 미소 지으며 자는 동생을 깨운다.
아이 엄마는 양손에 아이와 동생 손을 각각 잡고,
다정다감하게 행복한 이야기를 한다.

"우리 아침에 뭐 먹을까? 아빠는 집에 왔을까? 없으면 우리끼리 먹자.
엄마가 다시 태어난 것 같다.
기분이 좋~다."

해가 뜨기 전 깨끗한 하늘과 이슬이 잎에 머물러 있는 풍경,
아이의 마음에 새하얗게 스며든다.
나는 이 시간이 가장 행복하다.

아이 엄마는 할아버지와 할머니를 위해 주일마다,
사랑을 전달한다.
할머니는 돌아가셨다.
7년 전 새벽에…….

돌아가시기 전,
할머니는 자기 본래의 바른 정신으로 돌아와, 아이에게 말을 한 적이 있다.
"나의 강아지, 사람들에게…… 디딤돌 역할을 해야 돼……."
『슬프다….』

아이 아빠는 7일에 한두 번 집에 들어오는데, 항상 술에
취한 초췌한 모습으로 담배 냄새와 온몸엔, 싸우다 다친 상처와 얼굴은 멍이 있다.

아이 엄마는 힘든 생계유지를 위해 새벽부터 밤까지,
육체노동으로 잘 때는 코를 곤다.
아이는 엄마의 모습을 보고 아무 말 없이 다리를 주무른다.
아이 엄마는 행복한 미소만 짓고, 다음 날 일을 위해 말없이 잔다.
아이는 알고 있다. 엄마의 마음을…….
그래서 누구보다 건강하고 착하게,
엄마가 원하는 것을 무엇이든지 하려고 노력한다.
『따뜻하다…』

아이는 옛날이야기를 좋아한다.
학교 수업 중 역사 시간은 아이가 과거 세상 속에서, 현재의 힘든 생활을 잊게 해 주는 처방약과 같다.
아이와 동생이 어릴 적부터, 아이 아버지가 종종 해 주던 이야기 덕분에, 역사 시간은 아이에게 수업 시간 이상의 진실을 알고 있는 능력이 있기에.

고대 국가 중 고구려라는 아이 조상 이야기다.

방과 후 혼자 있는 교실, 창밖의 먼 산등성을 보며,
혼자만의 세상 속으로 스며든다.

(속사람)나 또한 아이의 세상으로 들어간다.

천 년 하고도 사백 년 전, 아이의 조상들은 육백 년이 넘는,
자주적인 나라이며 하늘 아래 삼족오 깃발이 보인다.
험준한 산 아래 외곽, 내곽 이중으로 성벽이 견고하고 웅장하여, 아이 조상들의 혼을 엿볼 수 있다. 성벽 앞으로 나온 성벽으로, 적으로부터 유용하게 공격 및 방어하는 성벽 치…….

그곳 위에서 경계를 보는 인간이 성문 아래를 보며 외친다.
"수나라 사신이 왔습니다."

성문이 열린다.

성의 중심 북쪽. 왕의 궁에 사신들은 예를 갖추고 대기하고 있다.

왕은 무표정하고 날카롭게 사신들을 보며 말한다.

"무슨 일로 왔소?"

두 명의 사신 중 한 사신이 말한다.

"황제께서 입조를 요구하십니다."

왕은 밖의 하늘을 보며 조용히 말한다.

"하늘의 이치도 모르면서 주변 국가들을 정복하니 두려운 게 없는 것 같소.

황제에게 전하시오. 군사적으로 주변 국가 입조를 요구하지 말고,

하늘의 뜻으로 움직이라고……."

두 명의 사신은 땅바닥을 보며 입을 굳게 다문다.

아이 조상 옆 나라는 400년 만에 통일한 수나라다.

수나라 황제는 풍부한 전투 경험으로, 주변 국가를 위협적으로 하나하나 자기만의 나라로 만들었다.
그런 수나라에 입조를 거부한 아이 조상은,
국가에 비상 대책을 세우고 수나라 동쪽을 선제공격하였다.

수나라 황제는 어처구니없다는 미소로 말한다.
"어쭈구리, 고구려 왕이 제정신이 아니오.
모든 대신들은 들어라! 지금, 이 시간부터 저 동쪽 하고도, 북쪽에 있는 작은 나라를 칠 것이니 철저히 준비하라!"
전쟁을 선포하였다.

수나라는 동쪽 육지 끝 선착장에서 500척의 함선을 건조하고, 북쪽에는 113만 3800명의 육군이 준비하는 기간이 5년이라는 시간이 흘렀다.
500척의 해군은 식량을 보급하는 담당 부대이다.
황제는 모든 것을 걸고 준비하였다.
아이 조상 땅으로 움직인다.

따스한 봄날.
수나라 황제는 한 장수에게 선봉 부대를 주어 출전을 알린다.

선봉 부대가 길을 열면 대군을 이끌고, 수양제는 영양왕에게 비참한 최후를 줄 생각으로 가득하였다.

그 시각,

아이 조상 왕은 대장군을 임명하고, 직접 전체 통솔을 하였다.

"저들은 바닷길로 보급할 식량을 대동강으로 가지고 올 것이니, 대장군은 철저히 준비하시오!"

대장군은 고개를 숙이며 말한다.

"예, 전하!"

"각 성의 성주들은 무조건 방어만 하시오! 절대로 나오지 마시오. 전방에 있는 백암성, 요동성, 안시성……."

왕은 요동성 성주를 보며 말한다.
"임무가 크오. 최대한 시간을 벌어 놓으시오!"
성주는 강한 눈빛으로 맹세한다.

왕은 자신감 있는 말투로 말한다.
"보급이 없고 날씨가 추우면 저들은 자기 나라로 갈 것이오. 하늘은 우리에게 험한 산과 강을 주었고, 모든 시간이 하늘 이치 속에 결정될 것이오."

수나라 선봉 부대는 아이 조상 나라의 경계선을 넘어,
첫 관문인 요동 강에 대면한다.
선봉 장수는 요동 강을 보며, 답답한 한숨을 쉬며 직속 부하들에게 말한다.
"부교를 설치하여 최대한 빨리 이곳을 지나간다.

나 또한 공사에 참여할 것이다. 한시도 지체하지 말고 시작하라!"

그들은 가까운 곳에 나무를 베고 목조로 공사를 6일 낮, 밤 모르고,
시작하여 완공을 눈앞에 두었다.
장군은 내일 완공과 함께 첫 관문인 요동성을 칠 계략을 하고 있다.

"현재 부교를 설치한 곳까지 군사들을 이동시켜라!
공사가 끝나는 대로 바로 이동한다."

좁은 부교에 간격도 없이 군사들은 길게 줄을 서 대기하며, 마지막 공사를 지켜보고 있는 순간, 맞은편 언덕 나무 숲속에서 아이 조상들 또한 이 순간을 기다렸다.
매복한 궁수들은 먼 거리까지 활을 쏘기 시작한다.
선봉 부대가 속수무책으로 활에 맞아 죽고, 물에 빠져 죽고, 도망가는 풍경은 이미 선봉 부대의 의미가 없는 것이었다.
선봉 부대 장군은 그 자리에서 죽었다.

한 달 후 본군과 합세한 선봉 부대는, 아이 조상들의 첫 관문인 요동성에 진을 치고, 백만 대군은 요동성을 악에 받친 눈으로 보고 있다.
그 시각.
수나라 해군도 상륙하여 식량 및 보급품 전달하기 위해 진을 친다.

요동성.

성벽 높이가 30m, 앞으로 나온 성벽 치가 수나라 육군들의 접근을 저지한다.
두 달 동안 백만 대군은 요동성을, 넘어가지 못하고 넋 놓고 바라만 보고 있었다.
주변 국가와의 전투 경험이 풍부한 수나라이지만, 현 전투에서는 알 수 없는 분위기에 마음만 조급해지기 시작하였다.

장수들이 회의 중인 곳에 황제가 들어가자, 장수들은 숨소리조차 침묵
으로
우주 공간이었다.
황제는 바로 이 자리에서 다 목을 베고 싶은,
살기 넘치는 눈빛으로 말한다.
“우리는 이곳에서 무엇을 하는가? 남쪽에서는 수군이 대기 중이고,
조금 있으면 겨울이다. 짐들이 목숨을 아끼니…… 다들 여기서 나의
칼에 죽겠소? 짐들은 황제보다 저들이 더 무서운 것 같소.”
장수들은 고개를 숙인다.
황제는 주위를 보며 친위 장군을 부른다.
“나의 친위군은 몇만이냐?”
“30만 5천 명입니다.”
“그들을 직접 평양성으로 보내라! 시간이 없다.
영양왕만 잡으면 이 전쟁은 끝이다.”

군량 보급이 없으니 추위보다, 적과 싸우기도 전에 죽을 위치라,
수나라 황제는 자신의 친위 부대,
일명 별동 부대에게 모든 전쟁의 운명을 맡긴다.

별동 부대는 요동성을 우회해서 남하하기 시작하였다.
별동 부대의 보급을 지원하기 위해 보급 부대가 쫓아간다.

아이 조상들은 별동 부대 이동 경로를 장악하고,

압록강을 사이에 두고 보급 부대만 기습 공격하여 전멸시킨다.

별동 부대는 각 개인 열흘 식량만 가지고 있기에, 더욱 평양성에 마음이 조급해진다. 평양성에서 수군과 합세하여 부족한 식량을 보충할 수밖에 없는 상황이다.

해군 진중에서는 정보 수집병들이 장군에게 보고하기 시작한다.

"장군님, 평양성이 비어 있습니다."

다른 병사가 말한다.

"마을도 비어 있습니다."

또 다른 병사가 말한다.

"개새끼 한 마리 없이 조용합니다. 다른 곳으로 이동한 것 같습니다."

장군은 무표정한 얼굴로 말한다.

"우리의 임무는 보급이다. 이곳에서 대기한다.

너희들은 계속 주변을 수색하라!"

"예! 장군."

장군은 초조했다. 육지로 오는 황제의 부대와 합세할 날짜는 지났고,

평양성은 비어 있고 도무지 알 수가 없어, 무슨 명령을 할 수가 없었다.

시간은 흐르고 흘러 해가 산등성 위에 있을 무렵,

척후병이 온 힘을 다해 장군 막사로 들어간다.

"장군님! 고구려 군이 이곳으로 오고 있습니다!"

장군은 모든 일이 작전대로 안 되는 것이 답답한지,
무의식적으로 콧바람을 내며 명령한다.
“전투병은 대형을 갖추어라! 나머지 인원은 이곳에서 대기한다.”

전투가 시작되자 아이 조상들은 싸움에서 대오가 무너져 후퇴하고, 결국에는 평양성으로 후퇴한다.
수나라 해군은 어둠 속에서 인간의 본능으로 얼떨결에, 아이 조상들을 추격하여 평양성 안으로 들어간다.
수나라 해군이 성안으로 다 들어오자, 성문이 닫히면서 성벽 위에서 아이 조상들이 활을 쏘고, 기와지붕 위에서 돌을 던지기 시작하니, 어두운 하늘에서 피할 곳 없어 수나라 해군의 비참한 소리만 들려온다.
이 소리는 대기하는 해군 귀에 들어가자,
군량 보급을 위한 수많은 배는 야반도주한다.
어두운 먹구름이 지나가고 보름달이 철군하는 수나라 해군 함선을 밝게 비춰 준다.

언덕 위에서 지켜보던 대장군은 미소를 지으며 명령한다.

"위장 갑옷을 준비하라."

대장군은 위장 갑옷을 입고 직접 별동 부대 진으로 향한다.

혼자서 별동 부대 주위 환경을 살피며 지휘소에 도착한다.

무장을 해제하고 안으로 들어간다.

두 명의 총지휘관이 앉아 있고, 사방에는 무장한 무사들이 서 있다.

대장군은 예를 갖추지만 어수룩한 모습으로 서서 말을 한다.

"명일 저희 왕께서 평양 성문을 직접 열 것입니다. 여기서 평양성까지는 한나절도 안 되는데, 평양성 주위에는 수군이 진을 치고, 성안에는 식량 부족으로……. 왕께서 더 이상의 싸움은 원치 않으십니다."

말을 마치고 예를 갖추고 바로 밖으로 나간다.

두 지휘관은 서로의 얼굴을 보며 대화를 나눈다.

"갑자기 항복이라……."

"그런데 그 사신 얼굴이 자꾸 눈에 거슬리오.

보통 인물이 아닌 것 같은데……."

둘은 서로의 눈을 마주치며 똑같이 말을 한다.

"을지문덕!"

바로 명을 내린다.

“빨리 가서 사신을 데리고 와라! 할 말이 있다고.”

달리는 대장군 뒤에서 큰 소리로 외친다.

“장군께서 다시 이야기를 요구합니다!”

대장군은 미소만 지으며 압록강을 건너 뒤도 보지 않고 달린다.

평양성에 도착한 대장군은 각 장수들에게 명을 하달한다.
"저들 식량은 개인 보급 식량뿐이다. 성 밖의 모든 들에 불을 질러라!
모든 백성들은 마을을 비우고 성안으로 집결시켜라!
전투에서는 최대한 시간을 지연시키고 적을 피곤하게 하라!"

별동 부대 지휘관은 부족한 식량 때문에 더 이상,
지체는 패배인 것을 알기에 말을 한다.
"우리는 이틀 식량밖에 없다! 여기서 평양성은 하루거리다.
평양성을 함락하면 전쟁은 끝이다. 눈에 보이는 것은 다 너희들의 것이다.
할 수 있다. 힘내라! 너희들은 최강의 친위군이다!"

평양성으로 가는 길목에서 일곱 번을 싸우면서 아이 조상들은 거짓으로 패하여 도주하고, 별동 부대의 식량 및 체력은 점점 고갈되었다.

대장군은 직속 부하에게 명령한다.
"이것을 별동 부대 지휘관에게 전하라."
부하는 한 장의 서신을 별동 부대 지휘관에게 전한다.
지휘관이 서신을 펴 보니 시 한 수가 쓰여 있다.

[신기한 책략은 하늘의 이치에 달했고,
묘한 전술은 지리를 통달했구나.
싸움마다 이겨 공이 이미 높았으니,
족한 줄 알고 그만둠이 어떠하리.]

지휘관은 멍하니 서신을 응시하며 말을 하기 시작한다.
"싸움마다 거짓으로 항복하고……, 별동 부대의 사정까지 알고……,
나를 찾아온 사신 그는 을지문덕이다…….
하늘이 고구려를 보호하고 있구나……."

평양성 30리 앞까지 왔으나 마을 및 들과 산에는,
먹을 것이 씨앗 하나도 없었다.
별동 부대 지휘관은 철수 명령을 할 수밖에 없었다.
반대로 아이 조상들이 쫓기 시작하였다.
별동 부대는 진과 대형이 무너진 채 도망가기 바빴다. 뒤로 처지면 아이 조상들에게 무참히 죽기 때문에 서로 밀치며 무기, 갑옷, 몸에 필요한 것은 다 버리고 앞만 보고 무조건 달린다. 광활한 강가에 부딪힌 별동 부대는 통곡에 한숨을 쉰다. 생각할 여유도 없이 건너기 시작하여, 첫 선두가 강을 건너 반대편을 보았다. 별동 부대는 아직도 끝이 안 보인다.
그 순간 잠잠했던 청천강이 핏빛으로 변화한다.
강 건너에는 대장군의 지휘 아래 활을 쏘며 기다리고,
강 뒤에서는 고구려 군의 추격조가 쓸어버린다.

대장군의 지휘봉이 하늘에서 땅으로 수직을 긋는다.
신호를 받은 아이 조상들은 청천강에서 총공격하기 시작한다.
별동 부대의 앞은 물살, 뒤에서는 철제 무기로 무장한 아이 조상들에게,
속수무책 비명 소리만 하늘에 전달한다.

언덕에서 지켜보는 대장군이 말한다.
"여기 살수가 너희들의 무덤이다."

30만 5천 명의 별동 부대는 2천 700명만 살아서,
압록강을 건너 요동성에 합류한다.

수나라 황제는 모든 것이 어처구니가 없었다.
"철군한다."

아이 조상 왕은 오직 하늘만 보이는 곳에서 눈을 감고, 예를 갖추어 말을 한다.
"하늘이시여, 지혜와 용기를 주셔서 감사합니다.
저희의 목숨이 하늘의 것이니 하늘의 뜻에 혼을 다하겠습니다."

황제는 어처구니없이 또 전쟁 준비를 하였다.

수나라에서는 신하들이 모든 책임을 황제에게 묻는다.
황제는 아무 말이 없었다.

한 신하가 말한다.
"황제께선 요동에서 일을 벌이다 천하를 잃었습니다.
어찌! 하늘에 책임을 지겠습니까?"

다른 신하가 말한다.

"죽음으로써 책임을 지십시오!"

황제는 조용히 땅을 보며 말한다.

"약을 가져와라……."

신하가 말한다.

"황제께선 약 먹을 자격도 없소!"

가장 가까운 신하가 황제의 목을 졸라 죽인다.

지구 역사상 최대의 전쟁이며 참혹한 패배이다.

그 후 큰 나라 황제들은 저 동쪽 나라는 100만 대군을 방어한 나라,

하늘이 보호하는 나라라고 이야기한다.

아이의 눈에 산과 구름 그리고 그 사이 태양 속의 삼족오가 들어온다.

아이는 미소 속에 정신이 돌아오며 말한다.
"태양 속에 사는 세 발 달린 까마귀,
천상과 지상을 넘나들며 태양의 정령을 지상에 전달해 주는 삼족오."

아이의 집.

엄마, 동생, 아이가 행복한 저녁밥을 먹는다.

아이는 조그만 밥상에 아빠 자리가 빈 것이 크게 보여

왠지 불쌍하고 안쓰러워한다.

아이는 잠자기 전 아빠가 천장을 보고,

긴 한숨을 쉬는 모습이 자꾸 생각나, 늦게 눈을 서서히 감는다.

(아이)구름 사이로 나는 날고 있다.
어두운 새벽 밑을 보니 불빛에 시선이 가고,
한 성안으로 들어가 다시 궁전 안으로, 모든 장애물에 상관없이 자유로
이 가서 살포시 한 사람 육신으로 나는 들어간다.
눈에 보이는 것, 듣는 것, 모든 감각이 내 마음에 들어가 느껴진다.

주위 사람을 보니 수많은 작은 철 조각들을 가죽끈으로,
엮은 갑옷에 다섯 개의 칼을 양 허리에 차고,
상대방의 모든 것을 흡수하는 듯한, 눈으로 조용히 말을 하지만
가슴에 울리는 소리……, 나는 알고 있다.
그는 연개소문이다.

또 다른 한 사람은 나의 육신과 같은 가벼운 복장에 머리에는,
조우관을 쓰고 있다.
비밀스러운 공간처럼 보인다.
사방 어느 곳도 외부에서 볼 수도, 들을 수도 없는 곳에서 대화한다.
"수고했다. 그리고 고맙다."
나와 똑같은 복장을 한 사람이 말한다.
"아닙니다. 이 모든 것은 대막리지께서 계획하신 일 아닙니까?"
대막리지는 미소를 지으며 안타까운 눈빛으로 말한다.
"그래. 우리가 한 일은 우리를 위한 것도, 가족을 위한 것도 아니고 고구려를 위한 것 그것뿐이다. 너희들을 보면 내 마음도 좋아진다. 우애가 아주 보기 좋아……. 그래서 무슨 일을 맡겨도……."
대막리지는 말 대신 미소로 믿음을 표현하였다.

둘은 거대한 궁을 나와 다시 궁을 보았다. 나는 현 상황이 설레었다.

동료는 이름 대신 친구라는 호칭만 사용한다.
"친구! 마지막으로 우리 할 일이 있지?"

나는 아무 말 없이 그저 친구 뒤를 쫓아갔다.
말을 타고 어느 정도 가니, 산언덕 소나무 아래 조그만 돌판이 있다.
친구는 말안장 옆 동복에서 술과 먹거리를 꺼내 돌판에 놓으며,
언덕 아래 안학궁을 보며 말한다.
"해가 뜨기 전에 어서 하고 가야지. 친구 뭐 해?"
나는 눈치만 보며 답했다.
"어……. 그래 해야지."
나와 친구는 술을 먹었다.
이 육신은 피곤한지 조금씩 밑으로 가라앉은 느낌이 드는데,
정신은 멀쩡했다.
취한 친구에게 물었다.
"친구! 우리의 임무가 무언가?"
친구는 피곤한 얼굴에 말투가 느려졌다.
"우리의 임무……. 나라를 위해 이웃도 가족도 다 버리고, 대막리지와

친구와 나만 아는……, 특수한 외교 사신…….”

나는 대략 현 위치를 느꼈다.

친구는 임무를 마치면 습관처럼 모든 것을 잊어버리기 위해,
술을 마시는 것 같다.
친구는 하늘을 보며 한숨을 길게 쉰다.
그리고 안정된 목소리로 말을 한다.
"수나라가 멸망하고 당나라가 중원을 다시 정비하고, 우리를 눈에 가시처럼 생각하지……. 조상들은 수나라와의 전쟁에서 대담하게 자주적으로 싸웠는데, 40년이 지난 후 영류왕은 당나라에 고개를 숙이고, 아무 마찰 없이 신하의 나라로 고구려를 유지하려고 했지. 천리장성을 축적하던 대막리지는 나와 친구를 보면서 평양성으로 가자고 했지. 모든 온건파를 제거하고 영류왕까지 시해하고,
보장왕을 새 왕으로 추대하고 스스로 대막리지에 오른 후 정권을 장악하였지……. 그는 하늘이 보냈네. 어떤 사명을 주어도 목숨보다 사명이 우선이지. 안 그런가. 친구?"
나는 친구 말을 들으며 미소만 지을 뿐 아무 말도 못 하였다.

당나라 당 태종은 왕을 죽였다는 명분으로 고구려에 대한 침략을 계획하고 있기에, 대막리지는 외교 활동으로 당나라 북쪽의, 유목 국가들과 연합하여 당나라와의 전쟁을 미연에 대비하려는 상황이다.
나와 친구는 연개소문의 밀사였다.

친구는 일어나 집 방향을 보는 듯, 혼자 말을 한다.
"가야지. 나의 집으로."

친구는 말을 산속으로 보내고, 나를 보며 미소 지으며 말없이 간다.
왠지 친구의 뒷모습이 더 큰 임무를 수행하러 가는 것처럼 보인다.
나는 친구 모습이 궁금해 거리를 두고 지켜보았다.
친구는 마을에 도착하여 사람들이 시끌벅적한 저택에 서슴없이 들어간다.
밝은 불빛이 곳곳에 있고 술도 마시고 투전도 하는 광경이 대낮 장날

같다.

친구는 술을 마시며 투전을 하기 시작하여, 순식간에 모든 제물을 잃고 옆 사람에게 시비를 건다.

"당신! 얼굴이 새까맣고 웃겨. 키도 작고 뭐 믿고 살아?"

친구는 옆 사람 얼굴을 보며 비웃으며 낭심을 가리키며 말한다.

"이것 믿고 살아……."

옆 사람은 술주정으로 인정하고, 친구 얼굴을 보며 살짝 코웃음을 짓는다.

친구는 옆 사람 얼굴 볼을 손가락으로 잡아 위, 아래로 흔들며 말한다.

"왜. 웃으면 나아지나……. 이게 사람 얼굴이야! 짐승 얼굴이지……. 짐승! 너 뭐 잘못했어?"

옆 사람은 순식간에 친구의 얼굴을 자기의 머리로 박고,
가슴 부위를 주먹으로 쳤다.
친구는 뒤로 주춤하면서 넘어진다.

나는 안타까운 눈으로 볼 수밖에 없었다.
친구는 비틀거리며 고개를 숙인 채 다시 어디로 간다.
집으로 가는 것 같다.

집에 도착한 친구는 큰 소리로 욕을 하고, 아이들이 보는 앞에서 부인을 때린다.
나는 집 밖에서 눈물만 흘린다.

산속으로 갔다.

다음 날.

산속에서 다시 친구를 보았다. 친구는 복장을 갈아입으며,
활기찬 모습으로 말한다.
"친구, 얼굴색이 안 좋아 보여?"
나는 미소만 짓고 아무 대답도 하지 않았다.
나는 알고 있다. 친구의 행동을,
그런 행동이 가족에게는 자주적으로 누구의 도움 없이, 부인과 아이들이 언제든지 어디서도 살아갈 수 있는 방법이란 것을 깨달았다…….

대성산성 아래로,

친구와 나는 말을 타고 안학궁에 도착하여, 누구도 모르는 지하로 갔다. 사방이 조그만 돌로 정결하게 쌓여, 미로처럼 눈앞에 돌로 된 벽이 있고 또 있고, 내 마음과 다르게 육신은 길을 잘 찾아간다.

벽을 만지며 친구는 기분이 좋은지 혼자 말을 한다.

"안학궁에 올 때마다 조상들의 혼이 느껴져 좋다. 40년간 공사를 하고 거대한 안학궁 지하의 비밀 공간은 우리와 대막리지만 알고 있어서……."

사방이 화려한 벽화로 그려져 있는 곳에 도착하니, 천장은 사각형이 45도씩 회전하며 중첩되는 말각조정 형태로, 견고한 곳에 해와 달 그리고 별자리 북두칠성이 그려졌고 동, 서, 남, 북 각각 벽에는 청룡이, 백호가, 주작, 현무가 살아 숨 쉬는 공간 같다.

벽 등불 속에서 조용히 희미한 벽화를 감상하는 나에게 친구는 말한다.

"이 우주 공간에서 우리는 어떤 사명을 받을까?"

친구는 해와 달, 별자리를 보다 살며시 두 눈을 감고 말한다.

"친구, 내 두 아들에게 선물을 전해 줄 수 있겠나?"

나는 친구를 보고 고개를 끄덕이며 말했다.

"요번 임무 마치고 같이 가서……,

그때 정식으로 가족도 소개시켜 주게!"

친구는 웃으며 말한다.

"좋아."

두 개의 반짝이는 철 조각을 나에게 건네준다.

"아이들에게 하나씩 주게. 나보다 친구가 주면 좋아할 거야."

나는 친구의 심정을 이해한다.

가족은 친구를 두려워하고 싫어하기 때문이다.

무거우면서 급한 발걸음 소리가 점점 커진다.

도착한 대막리지는 우리의 얼굴을 보며 힘이 넘치는 미소로 말한다.

"그래, 몸들은 잘 추슬렀느냐?"

우리는 습관처럼 조용한 목소리로 대답했다.

대막리지는 조용히 말을 하였다.

가슴에 울리는 소리.

"당나라 이세민이가 병력을 두 개로 나누어 신성, 건안성으로 오고 있다는 전갈이 왔다. 그래서 요번 임무는 따로 수행해야겠다."

대막리지는 나를 보며 말한다.

"설연타로 가 현 상황을 전달해라!"
그리고 친구 어깨를 잡으며 말한다.
"너의 임무가 크다. 한 명을 붙여 줄 것이다. 무예가 있으니 잘 호위할 것이다. 아프라시압 궁전으로 가서 왕에게 서신을 전달해라."
대막리지는 우리의 얼굴을 보며 굳게 믿는다는 눈빛을 보내며 조용히 나간다.

우리의 사명은 당나라가 침략하면 방어하는 동안, 당나라 위쪽의 설연타가 당나라를 침략할 수 있게 하라는 사신 역할이다.
설연타는 북방 유목 국가 중 고구려와 동맹 세력이었다.
그런데 아프라시압 궁전은 유럽과 아시아 사이에 있는 먼 나라이다.
친구의 사명은 도전이었다.

끝이 없는 초원 지대.
말을 번갈아 타면서 해와 달에 관계없이 우리는 달린다.
설연타 국경에서 친구와 아쉬운 눈빛으로 작별을 고한다.
친구와 또 한 명의 친구는 미소를 지으며 말없이 다음을 기약하고,
두 친구는 여러 말들을 이끌고 보이지 않는 아프라시압 궁전으로
점점 작아진다.

당태종은 수나라의 원정 실패 원인을 잘 알고 있었다.

그는 고구려 성들을 차례차례 무너뜨리기 시작했다.
철벽 수비의 요동성도 무너지고 전방의 안시성 하나만 남았다.

나는 임무를 완수하고 고구려로 향하는 말안장 위에서,
밤하늘의 별을 보며 끝없는 초원 지대를 달린다.
친구 생각에 별이 희미해진다.
점점 몽롱한 상태에서 나는 육신으로부터 나와서,
허공으로 올라가 자유로이 날고 있다. 육신은 말을 몬다.
밑을 보니 끝이 없는 초원이다.

더 높은 구름 위로 올라가 친구가 있는 곳으로 가고 싶은 마음에,
초원을 지나 사막을 지나 거대한 궁이 보인다.
궁 안으로 거침없이 지나가 보니 친구와 호위하는 친구가 보인다.
나는 호위하는 친구 몸속으로 들어간다.
주변은 대기하는 각 나라의 사신들로 엄숙하면서,
조용히 자기들끼리 이야기를 주고받고 한다.

친구는 나를 보며 이야기를 하고 있었다.
"……대막리지가 집사람을 소개시켜 주셨지. 대막리지는 항상 명심하라고 하셨지. 소인과 여자는 가까이하지 말라고…….
집사람을 보여 주시며 저 여인은 여자지만, 소인도 여자도 아니다 하셨지.
집사람은 대막리지의 조카였지…….
살면서 보니 집사람은 남자를 잘못 만났지……."

친구는 천장을 보며 긴 한숨을 쉰다.

나는 다시 주변을 유심히 보다 아버지의 말씀이 생각난다.
튀르크인들이 서쪽으로 이동하여 찬란한 정치, 문화를 만들고 무역을 한 곳이다.

현재는 우즈베키스탄의 사마르칸트 지역, 당나라와 실크로드 장악을 위해 마찰이 심한 것을 안, 연개소문이 외교로써 연합을 위해 친구를 보낸 것이다.

친구는 얼굴뿐만 아니라 말솜씨가 뛰어난 밀사였다.

동물 가죽 옷을 입은 두 명의 티베르 사신이 나오자, 다음은 우리 차례였다.
바르후만 왕이 있는 곳으로 들어갔다.
모든 것이 찬란하게 빛이 나며 아름다운 무늬의 실크 카펫과,
황금으로 된 의자에 앉아, 왕이 우리를 보고 있다.
나도 조심스럽게 왕을 보았다.
얼굴 인상이 낯설지 않은 것이 어디서 본 듯한 옆집 아저씨 같다.
조우관에 삽수(소매 안으로 손을 맞잡는 것)를 하고, 환두대도를 찬
친구는 왕에게 말을 하기 시작하였다.
옆에서 지켜만 보는 나는 점점 공중으로 뜨는 것이,
육신에서 내 마음과 상관없이 나온다.
말소리는 들리지 않고 친구는 왕에게 총명한 눈빛과,

자신감 있게 말을 하고 왕은 호감 가는 미소를 지으며,
옆 황금 술잔을 친구에게 주며 술을 따라 주는 모습이,
높은 천장에서 보인다.

왠지 친구가 그립다.
아버지가 그립다.

나는 빠른 속도로 다시 초원을 달리는 몸속으로 들어간다.

나는 대막리지에게 설연타 부족장이 준 서신을 주었다.
확인하는 대막리지 얼굴색이 환해지면서 힘 넘치는 목소리로 말한다.
"좋~아! 우리는 안시성으로 가자. 양만춘 장군이 잘 방어하고 있으니 우리도 필사적으로 싸우자. 당나라는 자기 나라로 갈 수밖에 없다."

안시성에 도착하였다.
성 밖을 보았다.
당나라는 안시성 앞에 흙을 쌓기 시작하여,
안시성보다 더 높은 토산을 만들었다.
토산 위에서 갖가지 장비로 공격하기 시작한다.
내 육신은 성벽에 기대어 아무 움직임 없이 있었다.
대막리지를 보니 눈을 감고 기도를 하는 것인지,
주문을 외우는 것인지, 입술에서 알지 못하는 조용한 소리만 들려온다.

하늘에서 소나기가 바람을 타고, 당나라 방향으로 쏟아지기 시작하니,
순식간에 토산이 안시성 성벽으로 무너졌다.

대막리지는 이 순간을 기다린 것처럼 총공격을 명한다.
내 육신은 무너진 토산을 향해 달려가 자유자재로,
검을 움직여 적을 베기 시작하였다.

내 마음은 두려움보다 설렘으로, 모든 것이 뜻대로 이루어진다.
한참 싸우다 주의를 보니, 나와 똑같은 경보병들은 밀집 대형을 이루며, 최전방에서 빠른 속도로 적을 제압하고, 힘이 넘쳐 보이는 부월수는 도끼로 투구를 쪼개고, 갑옷을 찢어 적에게 공포 분위기를 준다.

대막리지는 성문을 나와 적을 향해 명령한다.
"궁수 앞으로! 쏘아라!"

바람을 타고 비에 섞여 보이지 않는
활에, 적군은 고통스럽고 두려움에 소리만 지르고 있다.

다시 명령한다.
"기병! 앞으로 돌진!"

사람과 말이 하나 되어 빠른 속도로 적을 혼란하게 만들며,
베기 시작하니 정신을 못 차리고 혼이 나간 상태에,
찰갑으로 무장한 사람과 말이 탱크처럼 순식간에 적의 한가운데로
돌파하는 중장기병.
적은 분산되기 시작하고 이어서 찰갑옷을 입은,
경비병들이 사방에서 분산된 적을 둘러싸 민첩하게 소멸시킨다.

대막리지는 당나라 진영을 향해 명령한다.
"활을 쏘아라!"

고구려 병사들은 한 방향으로 활시위를 당겨 놓으니,
수많은 별처럼 화살이 강한 바람을 타고,
비와 함께 섞여 적을 무릎 꿇게 하였다.

당태종은 이 광경에 하늘을 보고 한숨을 쉰다.
옆 호위 장수가 당태종에게 조심스럽게 말을 한다.
"설연타가 본국 후방을 침공하였다는 전갈입니다."

당태종 모습이 보인다.
온 맘 다해 하늘을 향해 활시위를 당겼다, 놓았다.
나의 화살촉은 바람을 가르고 수많은 호위병을 지나, 당태종 눈에 박혔다.

대막리지는 이 광경에 하늘을 보고 미소 지으며 말한다.
"잡자!"

당나라는 후퇴를 결심하고 아니, 쫓겨 요택 늪지대에 당도하였다.
허우적거리며 온 힘을 다해 도망가기 바빴다.
당태종은 한쪽 눈을 잃고 부러진 다리로, 늪가의 갈대를 양손으로 움켜쥐고 호위 장수들의 보호로, 늪지대를 빠져나와 만리장성에서도 멀리 달아나는데, 대막리지는 끝까지 추격했다.

어느 한 마을 입구에 도착한 당태종은 떨면서 말을 한다.
"아직도 개소문이 오고 있느냐?"
호위 장수는 주변을 살피며 말한다.
"예, 폐하……, 곧 구원병이 올 것입니다."
호위 장수는 급한 마음에 우물을 보며 끝이 안 보이는 것을 확인하고,
당태종 이세민을 말없이 본다.
당태종은 고개만 끄덕이며, 스스로 깊고 어두운 우물 안으로 들어간다.

마을에 도착한 대막리지는 아무 명령 없이 직접 주변을 수색한다.
짙은 안개로 바로 앞도 분간하기 어려운 가운데,
우물을 발견한 대막리지는 우물 안을 세밀하게 본다.
우물 안 거미줄에 이슬이 맺혀 있는 것을 확인한다.
몽롱한 우물 안 거미줄이 반 이상 없는 것을 보고 대막리지는 미소 지으며,

활을 쏘기 시작한다.
4번째 활시위가 당겨지는 순간, 한 장수가 대막리지에게 급한 보고를 한다.
"대막리지! 당나라 구원병이 오고 있습니다."
모든 육감으로 한참 우물 안을 보다 그곳에 대막리지는 큰 소리로 외친다.
"이세민은 죽었다! 살아서 가도 죽은 목숨이다!"
깊은 우물 안, 당태종은 두려움과 고통 속에 숨소리도 못 내고 듣고만 있다.

집으로 돌아갔지만,
당태종은 고통 속에 살다가 삶을 마감하기 전 아들들에게 말한다.
"요동을 공격하는 것을 그만두어라."

평양성 30리 밖에서부터 백성들의 환호 속에,
그리고 보장왕이 직접 마중까지 나왔다.
눈에 보이는 것, 들리는 것 때문에, 하늘이 된 것 같은 기분이 든다.
대막리지는 나를 보며 명한다.
시작해라!”
내 마음과 다르게 육신은 숙달된 말투로 말을 한다.
“당신은 하늘이 아닙니다. 태양 속에 사는 삼족오가 천상과 지상을 넘나들며, 태양의 정령을 지상에 전달해 주셔서, 이 모든 것은 하늘에서 하시는 일입니다. 지금 보고 듣는 것은 당신이 아니라, 하늘에 영광을 돌리는 겁니다.”

대막리지는 하늘을 대신해 백성들에게 답례하면서,
아무도 모르는 미소 속에 눈물방울을 보인다.
나는 아무 말도 못 하고 대막리지의 눈물방울에 마음이 아팠다.

대막리지가 말을 한다.

"너의 친구가 죽었다."

마음이 점점 아파진다.

(속사람)아이는 안 좋은 꿈을 꾸는지 눈가에 눈물방울이 고인다.
아이가 눈을 떴다. 상체만 일어나 아버지처럼 천장을 보며 한숨이 나온다.
고요 속에 미닫이문 사이로 들리는 소리에 밖을 본다.
검은 양복을 입은 인간이, 아이 엄마에게 고개 숙여 겸손한 목소리로 말을 하고, 아이 엄마는 말하는 인간 얼굴을 보며 눈물만 흘린다.
촉촉한 아이 눈가에 다시 눈물방울이 나온다.
아이 아빠는 죽었다. 육신도 어디 있는지 모른다.

아이 엄마는 평상시와 다른 굳은 얼굴로 아이들을 보며 말한다.
"아버지는 이젠 집에 안 오신다……. 너희들에게 주는 아버지의 선물이다."
아이 엄마는 동전을 아이와 동생에게 준다.
아이는 빛나는 동전을 보며 깊은 생각을 한다.

'나의 탄생 년과 같은 백 원 동전, 동생도 같은 탄생 년,
아버지 무슨 일을 하신 거예요…….'

아이 가족은 다른 곳으로 이동한다. 아버지가 없기에.
이사한 곳에서 아이 엄마는 식당을 시작한다.
아이는 학교 마치면 엄마 일을 도와준다. 장사가 너무 잘되어 인간들이 문을 열다 자리가 없어 나간다. 아이 엄마는 새벽부터 밤늦게까지 일만 한다.
그리고 돈을 세다 본인도 모르게 잠에 빠진다.

다음 날.

정기적으로 오는 인간 단체가 있다. 위성통신지국 일을 하는 인간들이다.

아이 엄마는 그 인간들을 환한 미소로 눈을 크게 뜨고 반긴다.

"접시 공장에는 별일 없죠?"

그 인간들은 다들 웃으며 대답한다.

"그럼요!! 아주머니 덕분에 외계 행성도 무탈합니다."

또 다른 인간이 들어온다.

그런데 혼자 와서 쓸쓸히 고기를 먹는다.

아이 엄마는 맞은편 자리에 앉아 다정다감하게 말을 한다.

"고기 육질이 좋죠? 오늘 잡아 온 암소예요."

인간은 아이 엄마를 보며 눈가에, 입가에, 주름을 보이며 말을 한다.

"아주머니, 참 인상 좋으시네요."

또 작업하다 온 지저분한 세 명의 인간이 눈치를 본다.
너무 지저분해서 들어갈 수 있을까 하는 눈치였다.
아이 엄마는 자기 가족처럼 손뼉을 치며, 온몸으로 인간들에게 신호를 한다.
"어서 오세요! 날씨도 추운데 청소하시느라 얼마나 추워…….
여기로 오세요. 식당에서 가장 따뜻한 곳, 이곳으로 오세요."
아이 엄마는 오는 인간들마다 그 인간에 맞는 말과 음식으로 마음에 행복을, 육신에는 풍성함을 주었다.

주말에는 항상 아이 할아버지에게 간다.
7일 동안 먹을 양식을 준비하는 아이 엄마.
도착한 아이는 집 안 청소부터 하고, 누렁이, 흰둥이 새끼들과
산 중턱 골짜기 고추밭에 간다.
일하는 할아버지에게 인사하고, 아이도 묵묵히 고추를 딴다.
일을 마치고 산 시냇물을 따라 집으로 내려오는 길.
아이는 할아버지가 준 돈을 보고, 아빠의 선물 동전을 본다.
할아버지는 아이 모습을 보다, 하늘을 보며 말한다.
"사람은 깨달음이 있으면 죽을 때까지 실천하는 것이다.
그 동전을 보니 생각나는구나. 너희 아버지가 항상 동전 두 개를 본인 몸처럼 귀하게 여겼지. 동전 속 인물을 무척 좋아했다. 그래서 해병대에서 근무했지."
아이는 태양에 비치는 동전을 보고 보면서 아버지 생각을 한다.

아이는 운전을 하고, 아이 엄마는 옆자리에서 행복한 웃음으로 말을 한다.

"엄마랑 좋은 데 갈래?"

아이 엄마는 손가락으로 방향 지시를 하며, 주변을 유심히 본다.

한 곳을 응시하며 말한다.

"저기 봐! 저기가 접시 공장이다."

아이는 엄마가 응시한 곳을 보니, 그곳은 위성통신지국이었다.

사방팔방이 크고, 작은 접시 모양이 무질서하게 정말 있다.

"엄니! 존경합니다. 우리 엄니는 사랑받을 수밖에 없어……."

조금 더 가니 넓은 주차장이 보인다.
푸른 잔디에서 인간들이 웃으며 자유로이 활동하고, 푸르고 신선한 가로수 아래로 겸허히 가는 길이 있고, 계단을 올라가면 탑신 정상에는 창과 방패가 있다.
탑신 밑 부분에는 용 조각과 그 좌우로 구름무늬가 조각되어 있다.
아이 조상들은 한날한시에 왜놈들과 싸우다 전사하여 추모하는 곳이다.

아이와 엄마는 탑 반대 방향의 마주 보이는 큰 문으로 들어간다.
매표소 오른쪽에는 연못이 있다. 그 속의 수많은 비단잉어가 너무 뚱뚱하다.
아이와 엄마는 물고기에게 밥을 준다. 아이 엄마가 말을 한다.
"아들, 시간만 나면 엄마에게 옛날이야기 해 주었지? 오늘은 엄마가 옛날이야기 해 줄게."
아이는 엄마를 보며 눈을 크게 뜨고, 미소를 지으며 기대한다.

"엄마가 이야기하는 동안 비웃으면 안 돼.
사람은 알면 겸손해지는 것 알지?"
아이는 다시 미소 지으며 고개를 위, 아래로 끄덕인다.
"그럼, 시작한다."

아이 마음에서 연못으로 들어간다.

“명량해전 잘 알지?
임진왜란 당시 전쟁은 장기전으로 가고, 누구의 말이 올바른지 알 수가 없는
선조는 왕권을 위해 여러 신하를 죽이고 살리는 환경이었지.
이순신 장군 또한 모함으로 희생자 중 한 사람이 되었지……. 그런데 칠천량 해전으로 모든 해상권을 잃어버린 선조는 다시 이순신을 삼도 수군통제사로 임명하지…….
하지만 아무것도 없는 수군에게 선조는 수군을 폐하고 육지에서 같이 싸우라고 어명을 하는데,
이순신은 장계에 이렇게 적었지.

[신에게는 아직 12척의 판옥선이 있습니다. 저들은 신이 있는 한 업신여기지 못합니다.]

선조는 허락을 하지……. 패하면 모든 책임은 이순신에게 묻겠지.
이순신 또한 알면서 바다로 갈 수밖에 없다는 사실을 잘 알고 있지.
승산이 없는 싸움이지."

어머니는 연못을 유심히 보며 고개를 젓는다.
연못에는 커다란 바위 두 개가 섬처럼 있다.
그 사이로 물이 흐르고 물이 흐르는 방향으로 거대한 붕어들은
힘들이지 않고 지나간다.

어머니는 손목시계를 보고 다시 이야기를 이어 간다.

"왜놈들은 남해에서 서해를 통해 단숨에 한양으로 거침없이 갈 생각을 하고, 이순신은 척후병에게 모든 정보를 수집하고 왜놈들이 지나가는 곳에 12척의 판옥선과 수리한 한 척의 판옥선으로 일자진을 펴지."

어머니는 바위와 바위 사이를 가리키며 이야기를 이어 간다.

"그곳은 여기 보이는 것같이 섬과 섬, 좁은 수로지.

왜군들은 잘 알고 있지. 좁은 수로지만 시간 때 물살을 이용하면 쉽게 이동할 수 있는 수로라는 것을……."

어머니는 주위를 살피며 조용한 목소리로 말한다.

"저기 그물망 가져와라."

나는 관리사무실 옆에 있는 네모난 그물 철판을 조용히 가져왔다.

어머니는 철판을 바위와 바위 사이에 끼우라고 지시한다.

그리고 어머니는 긴 나무에 그물주머니가 달린 것으로 수많은 붕어 중에 형편없고, 안쓰러운 13마리의 붕어를 반대편으로 건져 넣는다.

"섬과 섬 그곳의 이름은 울돌목이라고 하지.
바닷물이 울며 돌아 나가는 곳이라, 4시간마다 물살의 방향도 바뀌는 울돌목.
이순신도 적도 서로 알고 기다리고 지나가려는 울돌목."
어머니는 수많은 붕어를 향해 붕어 밥을 비 오듯 던진다.
붕어는 서로 먹이를 먹기 위해 자기들끼리 부딪히고 혼란스러워한다.
반대편에서는 기묘하게도 13마리 붕어가 수많은 붕어를 지켜보고 있다.
일자진을 하고…….

그 순간, 우렁찬 펌프 엔진 소리가 들리며 수많은 붕어들의
밑바닥은 보글보글 끓어오르기 시작했다.
자기들끼리 심하게 부딪혀 힘없이 물살에 휩쓸려,
좌우로 물속 위아래로 왔다 갔다 한다.
정해진 시간에 연못 공기를 공급하는 곳이었다.
나는 너무 놀라, 철판을 치우고 조심스럽게 어머니와 도망갔다.

연못에서 나와 아이 마음속으로 들어간다.
아이와 엄마는 북쪽으로 이동한다.
오른쪽에는 비석이, 왼쪽에는 건물이 있다.
아이 엄마는 아이에게 환한 미소를 지으며 말한다.
"너, 돌잔치 마치고 우리 가족이 온 곳이다. 그리고 지금처럼 아버지가 연못에서 엄마에게 이야기해 주었고……, 평생 잊어버리지 않을 거야……."

다시 북쪽으로 간다. 사당 앞에서 묵례를 하고, 우측 계단으로 올라간다.
깨끗하고 큰 칠백 명의 안식처가 있다.
정상에서 아이 엄마는 반대 탑을 가리키며,
아이에게 말을 하고 아이는 탑을 응시하며 미소 짓는다.
좌측 계단으로 내려간다.

아이와 엄마는 다시 연못을 지나갈 때, 관리하는 인간들이
물고기를 보며 대화한다.
"이상하네. 여기 몇 마리만 빼고 나머지 붕어가 움직이질 않네……."
다른 인간이 그물로 한 마리를 건져 본다.
물고기 상태가 멍청하니 혀를 밖으로 내밀고 있다.
아이와 엄마는 서로 얼굴을 마주 보고 눈을 크게 뜨고 미소 지으며, 큰
문 반대 탑 쪽으로 이동한다.

"……그래서 여기로 이사 온 것이고……, 아버지가 하늘에 부탁을 했는
지,
식당 일도 잘되고 아무 걱정이 없네."

탑 아래서 이야기를 나누는데, 한 인간이 청소를 하고 있다.
아이는 그 인간에게 부탁한다.

탑 아래 용머리와 함께 아이와 엄마는 시간이 멈추는 그림을 가지게 된다.

다음 날 아침.
아이는 다시 의로운 칠백 명의 안식처에 왔다.
아이는 동전을 성스러운 안식처 오른쪽 푸른 땅에 묻는다.
아이는 뒤를 돌아 시원하게 보이는 광경에 말을 한다.
"저는 할아버지, 아버지처럼 살지 않겠습니다.
가족을 위해 살 거예요! 아버지가 존경하시는 이순신 장군……, 그분이 원하는 상륙군으로 지원하겠습니다. 가족에게 다 하지 못한 사랑, 하늘에서 많이 도와주세요."

한반도가 남. 북으로 나누어지고, 서로 이념과 체제가
다르지만, 전 세계가 모르는 비밀리에 최고층 간부들 합의에,
남, 북 주석과 대통령이 바뀌어도,
공동 특수한 특사는 영원히 존재한다는 합의하에,
아이 아버지는 38선을 자유롭게 이동하고,
두만강을 통해 러시아와 유럽을 가고, 압록강을 통해 중국과
중앙아시아를 통하고, 남쪽을 통해 일본과 미국을 건너간다.

환웅과 단군에 대한 기록부터
북부여, 고구려, 백제, 가야, 통일신라, 발해, 고려, 조선, 대한제국,
수많은 전쟁으로 소실된 역사적 기록들이
각 나라에서는 자기들의 약점으로 남아 있기에,
은밀하고 접근할 수 없는 곳에 보관하고 있다.
아이 아버지와 같은 많은 사람들이 하나의 사명으로,

목숨을 담보로 은밀히 접근하고 있다.

아이 아버지는, 아이 조상들의 옛 기록을 찾아오는 요원이었다.
아이 가족들은 아무것도 모른다.

아이는 할아버지, 아버지가 특수국가유공자임으로 병역면제 혜택자이다.

아이는 아버지 삶이 궁금하고 이해할 수 없어 지원을 했다.

아이 엄마는 아침부터 밤까지 소리 없이 눈물만 흘린다.

아이는 특별한 환경으로 갔다.

그곳은 험한 산과 날카로운 바닷바람이 불고,

빨간 바탕에 노란 글이 쓰여 있다.

[누구나 해병이 될 수 있다면

나는 결코 해병대를 선택하지 않았을 것이다.]

아이와 같은 인간이 오백 명, 그중 이백 명은 두려운 마음에 집으로 돌아갔다.

아이와 같은 인간들을 관리하는 일곱 명의 훈련 교관은,
하얀 철모에 빨간색 교관 글자, 코와 입만 보이고, 검은 피부 얼룩무늬 옷을 입고 한 걸음 할 때마다 기계 소리가 나고, 인간들이 긴장할 수 있는 날카로우며 강한 목소리, 큰 짐승이 상대를 보고 제압하기 위해 내는 소리 같다. 동작은 인간이 아닌 기계 같은 절도, 한 번 말하면 될 때까지 시키는 인간들이다. 아이와 인간들은 D.I라고 부른다.
인간들이 연병장에 모였다.
D.I는 삼백 명 인간 중에 가장 눈에 거슬리는 한 인간을,
지목하여 앞으로 부른다.

인간들이 앞으로 나가는 인간을 주목한다.
D.I는 흰 장갑을 끼고 그 인간의 코 양옆 부분을 손바닥으로, 하늘에서 벼락 치듯 치기 시작한다. 흰 장갑은 붉게 물들어 땅바닥까지 붉은 물로 물들었다. 연병장 끝에서 끝까지 코 양옆 부분만 구타하니, 그 인간은 쓰러져 정신을 못 차린다.
D.I는 그 인간 목덜미 옷을 잡고 한가운데로 끌고 온다.
인간들이 보는 곳에서 붉게 물든 장갑을 벗어 높이 들어,
힘을 주니 붉은 물이 흐르기 시작하며 말을 한다.
"까불어 봐! 너희들은 한 명이 잘못해도 전체가 죽는다! 이제부터는 너희는 하나다! 각 개인 최선을 다하지 못하면 연대 책임을 묻는다. 이상!"
아이는 멍하니 D.I를 보며 생각한다.
'악마다. 철모를 벗으면 분명 뿔이 있을 거야.'

새벽 일찍 일어나 해가 질 때까지 무엇을 했는지 기억을 못 한다.
아이는 훈련에 혼이 빠졌다.
혼자서 밥도, 화장실도 못 간다. 3명이 한 조가 되어 발맞추어 외친다.
“3보 이상 구보! 3보 이상 구보!…….”

6명이 한 조가 되어 외친다.
“식사~ 시작! 우리는 가장 강하고 멋진 해병이 된다! 악! 감사히 먹겠습니다!”

밥 먹는 시간 5분.

D.I는 독수리 같은 눈으로 지켜본다. 마음에 안 드는 조가 있으면 식탁 위로 올라가 세무워커로 밥 먹는 철판을 찬다. 밥, 국물, 반찬이 머리, 얼굴 전체에 범벅이 된다. 밥 먹는 철판은 제대로 된 것이 없다. 전투화 자국이 있다.

높은 곳에서 인간들은 차례대로 뛰어내리기 시작한다.

한 인간이 외친다.

"야~ 이놈들아~."

인간미가 없는 D.I는 자신도 모르게 미소를 짓는다.

아이는 두 눈을 감고 다리를 떨면서 양팔로 기둥을 잡고 있다.

가슴이 무척 뛴다.

아이는 묻는 말에 아무 대답도 못 한다.

D.I는 아이 귀에 대고 큰 소리로 말한다.

"눈을 뜬다! 전방 산을 본다!"
아이는 높은 곳의 공포보다 D.I가 더 두려운 마음에 눈을 뜬다.
D.I는 그 순간을 놓치지 않고 발로 아이 엉덩이를 밀어낸다.
아이는 자신도 모르게 외친다.
"엄~니~."

다음 날.

개인 화기 총을 설명한다.

나는 아이에게 순간 정신 집중을 하도록 마음속에서 응원하였다.

아이는 사격을 시작하였다.

주간 20발, 야간 10발 총알은 아이가 뜻하는 곳에 모두 명중하였다.

아이의 마음이 설레기 시작한다.

D.I들이 모여 이야기한다.

부대의 최고 우두머리가 온다는 보고에 D.I들은

사격 잘하는 인간들을 뽑아 대기시킨다.

그중 아이도 속했다.

아이는 개인 사격 장소에서 교관 명령에 총을 만지기 시작했다.

“실탄 장전! 안전장치 해제! 250m 사로….”

아이는 총 개머리판을 어깨에 고정시키고, 작은 구멍을 통해 총 앞부분의 조준 막대기를 감각적으로 본 후 사격하였다.

우두머리는 아이를 포옹하고 큰 소리로 주위 인간들에게 말한다.
"너는 특등 사수다!"
우두머리는 흥분하여 무언가 주고 싶은 마음에,
자신의 몸 주머니를 수색하다 도토리 두 개를 확인하고,
아이 눈과 눈빛 교환 후 전달한다.
아이에게는 이곳 환경에서 최고의 선물이었다.

그 후 모든 훈련을 좋은 리듬으로 맞추기 시작했다.
해가 뜨고, 달과 별이 뜨고, 산에서 바다를 보고, 바다에서 산으로 뛰고, 발바닥에 물집이 생겨 터지고, 또 물집이 생겨 터지고……, 야외 훈련을 마치고 D.I는 목욕탕으로 인도한다.
인간들이 목욕하기엔 너무나 작은 탕이고 시간도 부족하다.
몸만 적시고 나온다.
작은 탕 안은 구정물로 변했다.
그 속에서 아이는 몸을 적신다. 그것이 목욕이다.

그날 밤.
세상모르고 잠을 고이 자고 있는 인간들을 어둠 속에서 D.I들이 잡아 끌어내기 시작한다.
아이와 인간들은 팬티 한 장만 걸치고, 맨발로 추운 연병장에서 또다시 훈련받는다.

인간들의 온몸에서 땀방울이 생겨 김이 모락모락 연병장 전체에,
생기를 공급한다. 훈련을 마친 인간들은 새벽하늘의 별을 보고 있다.
정신이 샛별처럼 빛났고 하나가 되는 전우애로 두려움이 없어 보인다.

D.I는 지휘소 높은 곳에서 말한다.
“항상 긴장해라. 언제 또다시 이번 같은 경우가 올지 모른다.
실전에서는 예비된 자만 선택받는다. 이상!”

모든 훈련을 마치고 아이는 실무 배치를 받고, 차를 타고 배를 타고 검은 바다 위의 섬으로 간다.
어두컴컴한 눈 내리는 밤에 도착했다.
그곳은 지옥이다.
아이는 조용히 일어나 어두운 곳에서 감각으로 이불을 접고 앉아 대기한다.
기상 소리가 울린다.
아이는 내무실이라는 공간에 불을 켜고, 인간들의 이불 하나하나 순식간에 접는다.
청소 후 내무실 우두머리 인간 앞에 담배, 재떨이, 물 한 컵을 받치고,
아이는 내무실 구석 자리 한쪽에서 눈치를 보며 대기한다.
여유가 보이는 선임이 다가와 익숙한 춤을 추며 명령한다.
"눈도 오고, 기분 좋고, 노래 듣고 싶고, 분위기 맞게 실시!"
아이는 서슴없이 선임과 함께 익숙한 춤을 추며 노래도 익숙하게 부른다.

식당에서도 선임들 눈치를 보며 밥을 먹는다.
선임이 숟가락을 들면 아이도 들고, 선임이 식사를 끝내면 아이도 끝낸다.

아이의 부대는 100명 중 1명이 실수를 하면, 그 죄로 전체에게 얼차려를 준다.
아이는 이유도 모르고 팬티만 입고, 바닷바람이 부는 산 중턱 연병장에서 아침부터 눈 내리는 밤까지 십자가 형상으로 다리까지 벌리고 서 있다.
당직 소대장은 인간들을 향해 소방 호스로 물을 뿌린다.
아이 정신은 강했다.

얼차려를 치르고 내무실에 오니 기름이 없어서, 내무실 또한 시간이 흐르면서
냉동 창고가 되었다. 온몸에 마비가 온다.
당직 소대장은 명령한다.
“완전 무장으로 연병장 집합!”
소대장을 기준으로 그들은 뜀박질하기 시작한다.

주일 아침.
찬물에 선임 속옷부터 전투복까지 반나절
손빨래하고, 해 질 때까지 다림질한다.

날이 풀려 땅에서 풀 향이 나면 삽을 가지고 개인 진지 정리를 한다.
아이는 자기 호에서 열심히 삽으로 다져 가는데, 한 선임이 주머니 속에서 조그만 유리병을 보여 준다.

아이는 유리병을 본다.

도마뱀이다.

이곳에서는 누구나 다 한 번씩 먹는 것이다.

'도마뱀, 이것은 초코바다.'

아이는 어금니로 씹어 목으로 넘겼다.

얼굴 표정, 눈 하나 변함없이……. 선임은 아이의 담대함을 보고,

미소 지으며 담배를 입에 물려 주고 간다.

입안 비린내는 무엇을 먹어도 일주일을 갔다.

물결치는 바다 위 고무보트에서 육신은 눈과 하얀 치아만 보인다.
아이는 산으로 뜀박질한다.
철모 쓰고 총을 등에 바짝 매고 산속을 누빈다. 목적지에 도착하면 조그마한 종이가 보인다. 아이는 호흡을 고르며 총 개머리판을 펼쳐 실탄 장전하고, 숨을 깊게 마신 다음 육신과 총이 일체되는 순간 숨을 멈춘다.
"탕! 탕! 탕!"
사격을 순식간에 마치고 종이를 철모 띠에 끼우고, 다시 총을 등에 바짝
동여매고 역순으로 산속을 뜀박질한다. 반복에 반복, 몸은 기억한다.

날씨가 너무 뜨겁다.
아이 부대는 전원 완전 무장을 하고 중대장 명령하에 아스팔트 길을, 산속 길을, 바닷가 길을 군가를 부르며 뜀박질한다.

동료가 쓰러지면 주위 인간들은 책임 분담으로, 한 인간은 총을, 한 인간은 무장을, 한 인간은 동료를, 서슴없이 자기 몸처럼 하고 그냥 뛺박질한다.

바다에서 찬바람이 불고 낙엽이 물들면, 아이와 인간들은 산속에서 바다가 보이는 유격 훈련장을 간다. 육신은 지치고 정신만 가지고 줄을 탄다.
인간들의 눈빛이 별처럼 보인다.
다시 겨울이 온다.
악마 같은 내무 생활, 지옥 같은 훈련을 마치고 첫 휴가를 받는다.

아이는 꽃 한 다발을 가지고 엄마에게 간다.

100년 만에 가는 것처럼, 가는 길이 꿈속을 헤매는 것 같다.

여전히 식당은 활기가 넘치고 손님들로 가득했다.

아이는 조용히 미소 지으며, 눈으로 엄마를 찾기 시작한다.

엄마 일을 도와주는 인간들도 그대로이고……, 그런데 처음 보는 인간이 있다. 그 인간은 어딘가 모르게 슬퍼 보인다.

엄마와 눈이 마주치자 아이 엄마는 특유의 몸동작을 한다.

얼굴 표정을 최대한 크게 한다.

눈도, 콧구멍도 크게, 목젖도 보인다. 양팔을 하늘 향해 들면서 손뼉을 치며

아이를 안는다.

아이는 엄마 품에서 향기를 느낀다. 많이 늙으셨다.

아이 마음이 무거워진다. 아이는 엄마를 보고 환한 미소로 잘 지내고

있다고 표현한다.

저녁.

아이와 엄마는 밝은 집 거실 아래 이야기한다.

"너 보내고 얼마나 울었는지 그 후로 눈물이 안 나온다.

눈물샘이 말라서……. 길 가는 군인만 보면 다 너 같더라……."

아이는 미소 지으며 동생을 물어본다.

아이 엄마는 과일을 손질하며 말한다.

"그놈의 자식 사춘기라……, 돌봐 주는 사람이 없으니……."

"처음 보는 분은 누구세요?"

"어~ 글쎄……, 너 군에 가고 눈이 오는데 여름옷을 입고 슬리퍼에 양말도 안 신고, 몰골은 누구한테 맞았는지 불쌍해서 식사할 때 물어봤지. 옛날 내 생각이 나더라……. 그래서 같이 일하자고 했지."

아이는 엄마의 여유 있는 사랑에 편한 마음으로 다시 섬으로 갔다.

이젠 선임보다 후임이 더 많다.

봄이 오니,

새벽에 태권도, 점심 먹고 태권도, 밤에도 태권도…….

여름이 오니,

팔각모, 전투복 다림질하는 것, 세무 워커 손질하는 것, 부대 돌아가는 상황을 후임들에게 지시하고, 정신 못 차리면 후임 전체 집합시켜 삽으로, 곡괭이 자루로 엉덩이를 친다.

그들의 역사는 밤에 시작된다.

가을이 오니,

민간인들이 농번기라 부대에 도움 요청을 한다.

아이는 풍요로운 들녘을 보며 할아버지 생각을 한다.

농사일이 끝나면 민간인들은 자기 집으로 초대해 큰 상에 바다 고기, 육지 고기, 술을 마련한다. 상을 중심으로 넓게 원 모양을 만들고 술잔 하나로 돌아가면서 마신다.

겨울이 오니,

아이는 말년 휴가를 간다.

겨울 바다의 넘실거리는 파도를 보고 갑판 선상으로 나간다.

아무도 없다. 강한 바람이 파도치는 바닷물을 이슬비처럼 아이에게 뿌려 준다.

설레는 마음에 담배를 피우며 두려움 없이 세상을 본다.

하늘과 바다에게 말한다.

"어머니 한 달 후면 제대합니다. 보고 싶은 어머니……. 같이 일하고, 여행도 하고, 빨리 결혼해서 손주도 보여 주고……, 행복하게 살아요!"

엄마가 있는 곳으로 향하는 아이는 뛰기 시작한다.

종업원 인간들은 마당에서 절인 배추를 흐르는 물에 헹구고 있다.

아이는 순간 이상했다.

모든 일은 아이 엄마를 시작으로 해서 끝나기 때문에, 엄마가 없는 것이…….

아이는 식당 안을 조심스럽게 보았다.

슬퍼 보이던 인간이 아이 엄마 흉내를 내고 있다.

나이 먹은 종업원 인간이 아이 곁으로 와 안타까운 표정을 지으며 말한다.

"얼른 집에 가 봐! 어머니가 아프셔. 몇 개월 전부터 큰 병원에서 진료받아……."

아이는 집으로 뛰기 시작한다.

현관문을 열고 들어가니 차가운 기운이 느껴진다.

정리 정돈이 안 된 어수선한 집 안 풍경……. 아이는 방문을 조용히 연다.

아이 엄마는 핏기가 없는 얼굴에 눈을 감고 육신이 힘없이 잠을 자고 있다.

아이는 엄마 곁에 앉아 엄마의 얼굴을 본다.

'어머니……, 어머니……, 불쌍한 어머니…….'

아이 엄마는 눈을 뜬다.

곁에 아이를 보고 깜짝 놀라며 말한다.

"연락도 없이 언제 왔어?"

아이는 미소만 짓는다.

아이와 엄마는 의로운 칠백 명 묘 앞에서, 선선한 바람을 쐬며 이야기 한다.

"몸이 아파서 가볍게 병원에 갔더니 암이라고 진단이 나왔네…….

그래서 장기간 식당 일을 신경 못 쓰고……. 내 마음 같은 줄 알고 모든 일을 맡겼더니 글쎄……, 불쌍해서 보약까지 해 주었는데……. 다행히 수술이 잘되어 아들도 보고……. 엄마는 괜찮다!"

"그럼 완전히 다 나은 거예요?"

"5년 동안 방사선 치료받으면 괜찮다고 하네……. 인간은 인간이다. 한 치 앞도 못 보고……."

아이 엄마는 하늘을 보며 밝게 웃으며, 아이 손을 잡고 길을 걷는다.

아이는 엄마 얼굴을 보니 괜찮다는 희망이 생긴다.

"엄마! 군 입대 전에 이곳 연못에서 명랑해전 이야기해 주셨죠. 그 후 궁금하지 않아요?"

아이 엄마는 아이를 보며 끄덕인다.

아이는 밝은 미소로 이야기한다.

“명량해전에서 대승을 거둔 이순신 장군에게 조선 국왕은 면사첩을 내리죠.

이번 공으로 죽음만은 면하게 해 준다는 어처구니없는 어명을…….

도요토미 히데요시는 수단 방법을 안 가리고 이순신 일가 몰살을 지시하죠……. 본가 아산에는 관군도 없고 이순신 셋째 아들 이면이 식솔들을 책임졌죠. 장가도 안 간 꽃다운 나이에 적들 칼에 목숨을 잃죠……. 안타까운 일이죠.

이순신은 내가 먼저 죽고 네가 죽는 것이 세상 이치인데,

하면서 모든 고난을 묵묵히 받아들이죠…….

세월은 흘러 도요토미 히데요시 사망으로 철수가 아닌 간절하게,

도망가는 적들은 본국으로 가기 위해 이순신에게 간절히 부탁하고, 명나라 본토에서도 퇴각하는 일본군을 보내라는 지령을 받지만, 바닷길

을 막고 대기하는 병사들에게 말을 하죠.
이곳 노량에서 단 한 명의 적도 살려서 보내지 말아라……!
아버지가 말해 주셨던 또 하나는, 바다에서 육지로 기습 공격하는 상륙군이 있었다면,
바다로 나오기 전에 적들을 섬멸할 수 있었을 것이라고 이순신 장군의 심정도 말했는데, 어머니! 먼저 건강하세요.
그리고 그 인간에게 깨달음을 주세요."
아이 엄마 얼굴이 환해졌다.

엄마 손을 잡고 내려오면서 연못을 본다.
거대한 붕어 13마리와 새끼들이 학익진 대형을 하고 있다.
좌, 우에서는 각각 거북이가 선봉에 있다. 한산대첩이 보인다.

(아이)군에 복귀한 밤 나는 지원하여 위병소 근무를 섰다.
캄캄한 밤 별이 아주 많다.
후임병에게 노래를 시켰다.
후임병은 나의 눈치를 보고 조용히 사랑 노래를 부른다.

[내가 살아가는 동안에 할 일이 또 하나 있지
바람 부는 벌판에 서 있어도 나는 외롭지 않아
그러나 솔잎 하나 떨어지면 눈물 따라 흐르고
우리 타는 가슴 가슴마다 햇살은 다시 떠오르네
아~ 영원히 변치 않을 우리들의 사랑으로
어두운 곳에 손을 내밀어 밝혀 주리라~]

날이 점점 밝아 오고 있다.
후임병은 반복해서 부르고 불렀다.

나는 새벽 별들을 보며 듣고, 반복해서 들었다. '사랑으로, 사랑으로…….'

주일 외출.
혼자서 부대 입구에서부터 달리기 시작하였다.
산 정상에 도착하니 한쪽에는 발칸포 내무실이 있고, 공터 쪽은 공사 현장이다. 효녀 심청이 기념하기 위해 박물관 형식으로 짓고 있다는 이야기를 들었다.

전방 바다에는 공양미 삼백 석에 몸을 팔고 빠졌다는,
인당수와 장산곶이라는 이북 땅이 보인다.
하늘, 땅, 바다가 일치하는 곳을 보며 나는 간절했다.

'신이시여! 어머니 목숨만 살려 주신다면 나 또한 심청이 심정으로 인당수에 내 모든 것을 던지겠습니다. 부디 어머님만 살려 주신다면 지금부터 술, 담배, 끊어 보여 드리고 인생을 사랑으로 희생하며 살겠습니다.
신이시여, 제발 기회를 주십시오.'

제대 후 그리고 신은 나에게 기회를 주셨다.
나는 일만 하였다. 2교대 하는 공장에서 낮에도, 밤에도, 주말에도 쉬지 않고 일만 하였다.

어머니 또한 정기적으로 진료받으며 빵 공장에서 일을 하셨다.
어머니 생각에 마음이 아프면 공장에서 집까지 달린다. 밤새 서서 일을 했기 때문에 몽롱한 상태에서 호흡을 시작하여, 정신이 다시 돌아올 때까지
호흡을 한다.
온몸이 땀으로 범벅이 되면 하늘을 보고 다짐한다.
어머니가 건강하시면 다시 사장님으로 모시겠다고. 그리고 절대로 나는 아파서도, 게을러서도, 돈을 써서도 안 된다는 생각으로 살았다. 그런 하루 삶이 연속이었다.

아침에 눈을 뜨면 몸속 깊은 곳부터 쓰디쓴 피곤이 입안으로 전달된다. 헐고 혓바늘이 솟아 고통스러우면 나는 초코바를 약처럼 먹고, 짧은 시간이라도 있으면 눈을 감는다.

동생도 군 제대 후 신문 배달을 하다, 화물차 운수 사업에
정착하여 열심히 하였다.
동생은 야구로, 색소폰 연주로 점점 선해졌다.

집안 형편이, 어머니 몸이 많이 좋아졌다.
나는 꿈속에서도 어머니를 사장으로 모시고 싶은 생각 끝에 바로 사업 추진에 매달렸다.
지켜보시던 어머니는 신중하게 생각하고 현장에도 가 보았다.
경험이 있는 어머니는 나에게 말을 했다.
"생각처럼 장사가 되는 게 아니다. 여건과 뜻이 있어야 한다."

그래도 무조건 어머니를 사장님으로 모시고 싶어 혼자서라도 할 의지를 보이자, 어머니는 할 수 없이 조그만 요식업을 하셨다.

어머니는 말씀하셨다.
"회사는 다녀라. 엄마 혼자서 충분히 할 수 있으니까."

나는 일을 마치면 식당으로 달려갔다.
설레는 마음으로…….
식당 밖에서 어머니 모습을 보면 너무 기분이 좋았다. 공장이 아닌 어머니만의 공간에 있는 것이…….
안으로 들어가면 어머니는 항상 밝은 미소로 밥을 주셨다.

나는 기쁨보다 미안한 마음이 생기기 시작하였다.
어머니는 자식의 미래를 보고 최선을 다해 혼자서 배달도 하시고, 새벽 일찍 광고물도 집집마다 돌리고, 밤에는 혼자 식탁에 앉아 고민하시는 모습.
시간이 가면 갈수록 어머니 걱정이 커졌다.

일을 마치고 식당으로 들어가니 어머니는 밝은 미소로 반겨 주시며, 식사 준비를 하셨다.

같이 식사하면서 말씀하셨다.
"아들, 식당 그만하자! 엄마도 아직 젊은 나이야. 뭐든 할 수 있어."
나는 그 이후로 어머니에게 복권을 매주 사 드렸다.

1년 지나, 다시 2년 하고 6개월 후 새로운 임무가 생기고,
나는 무엇을 해야 할지 모르고 방황하였다.

오늘도 출근 버스를 기다리는데 서점이 눈에 들어왔다.
나도 모르게 서점 안을 들어가니 책 향이 너무나 좋았다.
5년 동안 공장 어두운 곳에서 작업을 하였다. 냄새는 정육점 비린내와
같고,
만두 가게에서 나오는 김처럼 모락모락 김이 나오는 곳에, 온몸을 넣고
작업을 반복하면 머리가 아프고 코가 고통스럽다.
일을 마치면 나도 모르게 나오는 말.
"안 좋아!"
그런데 책을 한 권 사고 나오는데 나도 모르게 나온 말.
"좋아!"

그 후로 나는 시간만 나면 책을 보기 시작했다.
피곤한 상태에서 책을 보면 금방 잠이 온다.
눈을 뜨면 궁금해서 책을 또 보고, 그러면서 새로운 길을

가 보고 싶은 소망이 생겼다.

바로 휴가를 신청하고 차를 샀다.
책 속에서 본 전국 각 유적지를 탐방하면서 자유로운 시간을 보냈다.
설렘의 연속이었다.
나의 마음에 다른 신비한 존재가 있다는 믿음이 생기기 시작했다.

여행 후, 집에 와서 모든 것을 어머니와 동생에게 맡기고,
알 수 없는 임무로 혼자 생활하는 곳으로 저녁 버스를 타고,
남쪽 바다에 도착하여 일을 시작하였다.
생전 처음 보는 거대한 장비들 속에 나의 마음은,
다시 사람들 속으로 파묻혀 들어간다.
바다 냄새보다 쇳가루와 화약 냄새 그리고 아무도 모르는,
객지의 삶이 더욱 외로웠다.
숙소에 오면 아무도 없다. 그래서 어머니와 동생이 그리웠다. 외로움을 달콤한 초콜릿으로 녹여 삼키고 그리움을 서점에서 달랬다.

핸드폰이 울린다.
어머니 번호가 찍혀 반가운 목소리로 말한다.
"엄니!"
"잘 지내지……. 금산에 다시 와야겠다."

동생이 밤낮으로 간선 차량 운행을 무리하여 허리에 문제가 생겼다.
병원에 입원했다는 연락이었다.
화물차 일은 하루도 못 비우는 자리라, 나에 사정을 상부에서 이해하
고,
허락하에 다시 집으로 복귀할 수 있게 되었다.

생각지도 못한 화물차 일은 오전엔 타 지역에서 온 물품을 요구하는 장소까지, 직접 배달하고 오후엔 거래처에 방문하여 물품을 수거하여 간선 차량에 이적한 후 터미널로 운행하는 고된 일이다.

사람들을 많이 만나고 짧은 대화도 하고 가식적인 인사도 한다.
그런 생활에 나는 자연히 사람 목소리만 들어도, 거래처 사장님, 종업원 몸동작만 보아도 저 사람이 무슨 생각을 하고, 나한테 무엇을 요구하는지 추측을 하게 되고 미리 말과 행동을 취한다.

사람들은 자기 자신과 돈을 위해 종교 활동을 하고, 운동을 하고 모임에 참석하여 가식적인 대화와 웃음을 보낸다.
그 집 개들도 주인과 닮은 점이 많다.
나만 보면 무조건 짖는다. 그러면 주인은 시끄러워서 밥을 준다. 나중에는 내 차 소리만 들어도 주인한테 밥 먹는 시간이라고 짖는다.

어떤 개는 주인이 예쁘고 슬기롭다고 예슬이라고 부른다.

개를 유심히 보았다. 배의 젖꼭지를 보고 암컷이란 것을 알았다.

덩치는 수컷보다 훨씬 큰 송아지만 하고, 얼굴 표정은 조폭처럼 인상파에, 짓는 소리는 동굴 속에서 듣는 것처럼 커다란 마당을 가득 채우는 웅장한 소리다.

나는 예슬이를 보고 말을 했다.
“니가 무슨 예슬……. 아서라.”
그 후로 그 집에 가면 나는 부른다.
“아서라~.”

추운 겨울이 오니 무조건 짖는 개는 시끄러워서 주인이 그늘진 조그만 개집에 집어넣었다.
그리고 아서라는 감기에 걸려 짖지도 못하고 콧물만 흘리고 기침한다.

거래처 중 항상 반겨 주는 개가 있다.
그 집에 가면 하얀 개가 오른발을 나를 향해 위아래로 발질한다.
그리고 입을 다문 채
“웅~웅~.”
하면서 얼굴을 내 다리에 비빈다.

못 짖는 개인 줄 알았다.
그런데 낯선 사람을 보면 몸을 당당하게 펴고, 잇몸과 이빨을 보이며 크고 선명하게 짖는다.
그 후로 그 집에 가면 나 또한 하얀 개에게 오른팔을 쭉 뻗어 검지손가락으로 개를 가리키며 답례 소리 한다.
"키킥~."

사장님은 개에게 아무런 터치도 안 한다. 이름도 없다.
개는 자유로이 이곳저곳을 다니며 조용히 집 마당에서 생활한다.
나는 흰둥이라고 부른다.
흰둥이는 대소변도 사람처럼 한 장소에서 본다.
흰둥이는 보면 볼수록 신기했다.
그런 흰둥이가 두 마리다. 한 마리는 집 밖으로 나갔다 들어온다.

화창한 봄날 환한 미소 지으며 사장님은 일하는 사람이 아닌,
귀한 손님처럼 대해 주신다.
그런 사장님을 나도 모르는 사이에 존경하였다.

다음 날,
작업을 마치고 그날도 사장님은 손수 음료수를 따 주시며 말한다.
"요번 주말에 저녁 식사 같이할 수 있겠나?"

갑작스러운 물음에 나는 사장님 얼굴을 보았다.

사장님은 미소 지으며 답변을 기다린다. 나는 본능적으로 말했다.

"예! 감사합니다."

밖으로 나와 차 안에서 곰곰이 생각했다.

'왜? 뭐 때문에 귀한 주말 저녁 시간을 나한테……. 모르겠다.'

기분이 좋았다.

맞은편 건물은 산악회 사무실이다. 고소하고 맛있는 음식 냄새가 유혹한다.
덩치 큰 아저씨가 대문을 활짝 연다. 많은 사람들이 마당에 모여 잔치 분위기가 연출된다. 그 속에 집 나간 흰둥이가 덩치 큰 아저씨만 응시하고 있다. 세숫대야만 한 금빛 대접에 달걀 여러 개를 깨어 넣고, 우유를 부은 다음 꿀을 아낌없이 넣고 젓는다. 흰둥이는 금빛 대접에 머리를 넣고 정신없이 먹는다. 덩치 큰 아저씨는 흰둥이 몸 전체를 쓰다듬으며 입을 크게 벌리고 웃는다.
그 광경에 나도 모르게 말한다.
"안 좋아."

약속한 주말 저녁,
산비탈 길에 자리한 식당, 주차장 바닥은 엽전 모양 같기도 하고 맷돌 모양 같기도 한 큰 돌이 불규칙으로 눈길을 끈다.

먼저 도착한 나는 주변을 산책하였다.
계단을 내려가 나무를 보니 식당만 한 푸른 나무는, 곳곳의 철근 지지대가 나뭇가지를 받칠 정도로 많은 세월을 보낸 흔적이 보인다.
거대한 통나무로 된 2층 식당 지붕으로 붉은 노을 그리고,
물든 하늘 광경은 왠지 어릴 적 친구들과 동네에서 놀다,
엄마가 밥 먹으라고 부르실 때 하늘이었다.
기분이 좋았다.

사장님 차가 주차되는 것을 보고 계단으로 올라가 인사를 하였다.
"안녕하세요!"
차 문을 닫으며 마치 친구처럼 내 어깨에 팔을 올리고 장난스럽게 말한다.
"뭐 먹을까?"

식당 안으로 들어가니 카운터에서 스님처럼 광채가 흐르는 머리 스타일에, 편안한 옷차림을 하고 다정다감한 목소리로 설명한다.
"여기서 메뉴를 정하시고 2층으로 올라가시면 됩니다."
나는 주변 물건에 시선이 가 있었다.
사장님은 내 모습을 보고 직접 메뉴를 선택하셨다.
카운터 맞은편에는 여러 물건들이 보기 좋게 어우러져 있었다.
옛 선비가 쓰던 갓에 할아버지 얼굴이 떠오르고, 성경책이 펴져 있는 것을 보니 마음이 따뜻해진다.
오르는 계단 중간에 말안장과 기마 민족이 음식을 먹을 때 쓰는, 말에 달고 다녔던 동복(청동 솥)이 있고, 2층에는 어마어마한 통나무 기둥들이 안정감을 준다. 손님이 많았다. 할 수 없이 맨 가장자리에 앉았다. 옆에는 1층에서 음식을 운반하는 승강기가 눈에 띈다.

자리에 앉자 가벼운 잠바를 벗으며 사장님은 바로 이야기를 하셨다.

"나는 자네에 대해서 알고 있는데 자네는 나를 거래처 사장으로만 알고 있지?"

"예…?"

"어머님 식당 하셨을 때 자네를 보았지. 학교 가방을 한쪽 구석에 놓고 숯불 나르는 모습을……. 산악회 모임을 무조건 어머니 식당에서만 했거든.

한 사람, 한 사람 기분을 잘 맞추어 주셔서 다른 곳은 생각도 못 했지. 음식도 맛있고 항상 웃는 모습에 돈을 계산할 때는 더 드리고 싶어……. 그리고 청소부가 와도, 회장님이 와도, 술주정뱅이가 와도 어머님하고 대화만 하면 사람들이 언행이 바뀌어……. 나도 그중 한 사람이네…….

어머님은 웃음으로 돈이 우선이 아니라 사람이 우선이라고, 사람을 보면 환하게 웃으라고, 그 사람 마음을 알아주면 그 사람도 웃는다고 하시는 것을……."

나는 갑자기 엄마 웃는 모습을 떠올렸다.
엄마는 이마에 주름이 없다. 눈은 초승달 모양에 눈동자가 반짝이고 양 볼은 약간 붉으며 탱탱하다. 호감이 가게 큰 소리 내어 웃는다.

사장님이 나한테 잘 대해 주시는 것이 어머니 영향이라는 것을 느꼈다.
사장님은 내 얼굴을 보며 말한다.
"어머님하고 많이 닮았다…….
산악회 회원 중에 빵 만드는 사장이 있는데, 공장 현장을 둘러보다가 어머님이 생산팀에서 일하는 모습을 보고, 잘못 봤나 싶어……. 유심히 보니 웃는 얼굴을 보고는 틀림없는데……, 왜 사장님이 이곳에서 일을 할까……. 궁금해서 사연도 알아보고 멀리서 지켜봤다고 하네…….
주인처럼 일찍 출근하여 정리 정돈하고, 보는 사람마다 미소로 인사하고, 옆 사람이 신경질적으로 대해 주면 자네 어머니는 그 사람이 받아

들일 수 있는 상태가 오면, 웃으며 말씀 하셨다고 하시지…….

[당신 평소에 좋은 일 많이 했나 봐! 나 같은 사람을 만나고…….]

그러면 그 사람도 어느새 미소를 짓고 현장 분위기도 어머님의 웃음으로 좋아지고 불량도 줄고, 빵 맛도 예전보다 좋아졌다고……, 빵 사장이 말을 하더라고…….”

엄마의 사랑이 느껴졌다.

옆 승강기에서 소음이 "잉~" 하면서 올라오는 느낌이 들어 그곳으로 눈이 갔다. 환한 광채가 보였다. 카운터에서 본 그분이 음식도 직접 가져오셔서 정성껏 식탁에 놓아 준다.
어두운 구석 자리가 순간 환해지는 느낌이 들었다.
나도 모르게 한 장면이 연상되었다.
반원천장이 양쪽으로 열리면 승강기를 타고 서서히 나타나는
로보트 태권브이…….
저분이 환하게 모든 어둠을 몰아내는,
로보트 태권브이 같다는 생각이 든다.

신선한 여러 나물이 든 산채비빔밥과 오징어와 계란의 두툼한 부침개.
사장님은 미소 지으며 손짓으로 식사를 권했다.

식사를 마치고 사장님은 녹차 향을 느끼며 말을 했다.

"사람들은 어머니에게 마음의 향을 배웠지.
나는 밝게 웃는 것을, 빵 사장은 입버릇처럼 하는 말이 있어.

[당신 평소에 좋은 일 많이 했나 봐! 나 같은 사람을 만나고…….]

권력자가, 부자가, 가까운 이웃이 자청해서 어머니를 도와주려고 하지.
어머니는 찾기 힘든 사람이야! 자네는 참 행복한 사람이야!"
나는 사장님 얼굴을 마주 보며 미소로 답변을 대신하였다.

찻잔에 따뜻한 물을 부으며 다시 사장님은 말을 했다.

"자네, 종교가 있나?"

"없습니다."

"나도 없네. 그런데 우리 집 개를 보면 생각이 바뀌네…….

내가 개를 지켜보듯, 누가 나의 마음을 지켜본다는 생각이 드네…….

어미 개는 온 힘을 다해서 새끼에게 교육을 시켜. 어디서 볼일을 보고, 이상한 사람을 보면 짖고, 좋은 사람을 보면 인사하는 법을 가르치고, 어디는 절대 가지 말 것……. 참! 신기해…….

교육이 끝나면 어미 개는 아주 좋은 곳으로 보내지. 두 마리만 집에 두고 나머지는 친척이나 이웃들에게 보내지.

이놈들이 가는 곳마다 사람들에게 감동을 주어서 지금은,

나도 모르는 곳까지 진출했을 거야.

그런데 밖으로 나가는 놈이 있지. 자기 본능대로…….

맞은편 건물은 산악회 회원들이 여가 활동하는 곳이라 항상 대문이 열

려 있어 맛있는 냄새가 나지……. 그곳에 매년 한 놈씩 가네…….”

나는 밖으로 나간 흰둥이와 집에 있는 흰둥이 생각이 머릿속에 떠올랐다.

“개가 며칠째 마당에 있으면 개목걸이를 채우고 인삼, 달걀, 토종 꿀, 우유를 한 달 정도 먹인 다음 솥에 물을 끓이고 몽둥이로 패대기치는 이야기를 들으면 아주 마음이 안 좋아.”

"왜 다시 안 데려오세요?"
"아버지가 개가 산악회 마당에 들어가면, 그냥 사람들 보신하라고 하셔서…….
아버지는 나한테 천국과 지옥을 보여 주시는 것 같다는 생각이 들어. 그래서 나는 성경책도 보고, 절에 가서 말씀도 듣고, 어르신들과 대화를 해도 내 주관이 강한 것인지……, 답답했는데 자네 어머님을 알고부터 내 주관이 바뀌는 것이 아주 좋아."

나는 마음이 겸손해지며 엷은 미소를 띠며 말했다.
"어머니에 대한 좋은 말씀해 주셔서 감사합니다."
사장님도 미소 지으며 말했다.
"다음에는 나를 구원해 주신 어머님도 같이 자리했으면 영광이겠네."

집에 들어가니 어머니는 누워서 TV를 보고 있다.

현관문 소리에 몸을 일으키며 나를 확인하고 귀한 손님처럼 웃으시며 말한다.

"어디 갔다 오시나……."

나는 아무 말 없이 미소 지으며 어머니를 포옹하였다.

어머니도 아무 말 없이 그냥 안아 주셨다.

'어머니 당신이 뿌린 사랑이 돌고 돌아 당신 자식에게 왔습니다.'

어머니의 배를 보았다.

'이 속에서 내가 나왔다. 지금은 어디 속일까?'

어머니의 부푼 옆구리 살을 잡으며 말했다.

"엄니! 씨름 한판 할까요……? 으랏차차~."

어머니도 내 아랫바지를 잡으며 웃는다.

"호호~호호~."

샤워를 하고 거실에서 어머니를 유심히 관찰하며 평상시 언행을 생각하였다.
어머니는 시골 갈 반찬 준비를 하고 있었다.
통통한 몸매, 짧은 팔, 다리, 항상 밝은 미소를 지으며 어디서나 당당하게 말씀하시고 어느 누가 와도 대화가 통하시는 귀한 나의 어머니…….
'사랑합니다…….'

나는 동물 프로를 좋아한다. TV에서 봤는데 어미 너구리는 자기 새끼 보호 중심에서, 어떤 환경 변화에도 모든 것을 자신의 것으로 만드는 기술이 있고, 붙임성이 있으며 상대에 따라 겸손하다.

통통하고 귀여운 얼굴 표정이 어머니 생각을 하게 한다.
나는 기분이 좋으면 어머니에게 말한다.
"너구리 아줌마!"

그리고 옆구리 살을 잡으며 말한다.
“씨름 한판 할까요? 으랏차차~.”
어머니는 귀여운 얼굴 표정으로 크게 웃으신다.

아침 일찍부터 봄비가 오더니 오후부터는 기분 좋은 바람이 일하기에 좋다.
비는 그치고 땅이 촉촉하니 나뿐 아니라 거래처 사장님들도,
기분이 좋아 보였다.
차 안을 정리하며 노래 부르듯 말한다.
“흰둥이를 보러 가야지~.”

그날도 사장님 댁 맞은편 산악회 마당은 잔치 분위기였다.
장작을 피워 솥에 물을 끓이고 사람들은 모여 웃으며 웅성웅성하였다.
“개가 참! 윤기가 흐르네…….”
“그럼! 강 사장이 요번에도 수고했지. 자네 강 사장이 개 잡는 거 처음 보나?”
옆 사람은 고개만 끄덕인다.
“순간순간 기가 막히네, 몽둥이로 한 번 치면 어떤 개든지 쭉 뻗어. 다음에 토치램프로 털을 싹~. 배를 갈라 내장을 다 빼내고 저 솥에 들어가는 시간이 10분, 순식간이지…….”

날씨는 좋은데 기분이 이상하다.
내 몸이 깊은 바닷물에 빨려 들어가는 느낌이다.
이곳을 빨리 벗어나고 싶은 생각에 평소보다 일을 서둘렀다.
사장님에게 인사를 하고 차에 시동을 걸려고 하는 순간 내 시야에 큰 개 한 마리가 의연하게 지나간다. 구경하는 산악회 사람들 다리 사이에 앉자 총명한 눈으로 상황을 조용히 보고 있다. 사람들은 큰 개가 있는지도 모르고 덩치 큰 아저씨 행동에 시선이 집중되어 있다.
나는 큰 개가 지금 상황을 바꿀 것 같은 기분이 든다.

덩치 큰 아저씨는 미소를 지으며 흰둥이 목줄을 왼손 손바닥으로 2~3번 감는다. 그리고 오른손에는 두툼한 야구 방망이 같은 몽둥이를 등 뒤에 숨기고 흰둥이 척추 부분을 보며 왼손에 힘을 주니 흰둥이는 온몸을 떨면서 생똥을 싸고 있자, 덩치 큰 아저씨는 비웃으며 말한다.
"그래, 속의 더러운 것 다 배출해라!"

말이 끝나자마자 큰 개는 사람들 다리 사이를 의연하게 나오며, 덩치 큰 아저씨 왼손을 힘 있게 한 번 물고 놓았다. 전기에 감전된 것처럼 움츠리며 물린 곳을 본다. 손등에서 피가 나오는 것을 확인한 덩치 큰 아저씨는 얼굴이 빨개지며 욕을 하면서 몽둥이로 큰 개 허리 부분을 두 동강 내려는 듯 쳤다.

큰 개는 아무런 미동도 없고 당당한 얼굴 표정 그대로 맞았다.

척추가 부러졌는지 배가 땅에 붙어 아무런 미동이 없다.

덩치 큰 아저씨는 흥분해서 수건으로 손을 대충 지혈하고, 장작 피우는 곳에서 거친 나무토막을 가지고 와, 주저앉은 큰 개 목덜미를 잡고, 상태를 확인한 후 마당에 내동댕이치고, 사정없이 거친 나무로 내려치기 시작했다.

큰 개 몸은 흐물흐물 연체동물처럼 보였다.

산악회 밖 멀리서 목줄을 한 흰둥이는 그 광경을 지켜보다 도망갔다.

아무 소리 없이 두 눈만 총명하니 달아나는 흰둥이 모습을 지켜보던 큰 개.

(하얼빈역에서 러시아 의장대의 후방에서 앞으로 뛰어나가며, 이토를 저격하는 안중근 의사 모습이 그려졌다) 덩치 큰 아저씨는 손등을 치료하면서 빨개진 눈으로 주변을 보며 무엇인가 찾고 있는 눈치다.

잠시 후, 말뚝 박는 커다란 해머를 가지고 나와 큰 개 옆 축축한 땅에 금빛 대접만 한 홈을 만든다.

덩치 큰 아저씨는 두 눈을 뜨고 있는 큰 개 목덜미를 잡아, 홈 속에 집어넣는다. 그리고 서슴없이 해머로 큰 개 머리를 내리쳤다.

구경하던 사람들은 아무 말 없이 조용히 각자 길을 간다.

나는 차에서 내려 산악회 마당 안을 보았다.

촉촉한 마당은 큰 개 피로 짙게 물들었다.
덩치 큰 아저씨는 포대자루에 큰 개를 대충 집어넣고 차 트렁크에 실었다.
그 후로 큰 개의 행방은 알 수가 없었다.
아무도 없는 산악회 마당을 보면서 마음이 이상했다.
뭔가 예전에 경험한 비슷한 일이 머릿속에서 생각이 난다.

산악회 마당을 초점 없이 멍하니 보니, 할머니 돌아가시기 전날 한 말이 머릿속부터 가슴까지 전달되면서 점점 눈물이 앞을 흐리게 하였다.
"사람들에게…… 디딤돌 역할을 해야 돼……."

집 나간 흰둥이는 어느 날 배가 불러서 사장님 집에 왔다.
새끼를 7마리나 낳았다. 그중 한 마리는 사장님이 주셔서 시골 할아버지 집에 두었다.

이젠 두 마리 새끼만 흰둥이에게 남았다.
흰둥이가 총명한 눈빛으로 새끼들 교육을 철저히 시키는 것이 느껴진다.
새끼가 밖으로 나가면 입으로 목덜미를 물고 다시 안으로 데려와 짖으면, 새끼는 어미 목청소리에 정신을 찾는 것 같다.
세월은 흘러 흰둥이도 다른 곳으로 갔다.
새끼들이 많이 컸다. 배운 교육이 몸에 익어, 생활하는 모습이 너무나 사랑스러워 보였다.
오른 검지손가락으로 가리키며 신호한다.
"키킥~."
새끼들은 온몸을 흔들며 고개를 숙인다.

일을 마치고 차에 타면 새끼들은 차 속의 나를 보며,
오른 앞다리로 가리키며 신호한다.
“응~응~.”
나도 흰둥이들을 향해 미소 속에 말한다.
“좋아~!”
내 마음 또한 천국에 있는 기분이다.
천국을 알 수 없지만…….

(속사람)아이 마음속에 천국을 보여 주고 싶다.

아이 엄마는 새벽만 되면 밖에서 신선한 공기를 온몸에 묻히고 온다.
아이는 거실에서 잔다. 엄마가 현관문을 열면 피곤 속에서 눈이 떠지며 누워 있는 상태에서 엄마를 본다.
엄마 모습은 활기가 넘쳐 보인다.
"운동하고 오세요?"
아이 엄마는 밝은 미소와 기분 좋은 몸동작을 취하며 말을 한다.
"그럼! 같이 운동할까?"
아이는 코웃음을 지으며 말한다.
"엄니, 잘 알면서 그래요."
"사람은 정신만 차리면 마음먹은 대로 할 수 있어.
왜! 내 마음을 내 맘대로 못 해?"

아이는 미소만 지으며 머리를 좌우로 흔들며 TV를 본다.

아이는 아침부터 밤까지 일을 하기에 다른 생각을 못 한다.

아이 엄마는 그런 아이가 안쓰러워 새벽마다 운동이 아닌,
기도를 하는 것이었다.

TV에서 아이가 좋아하는 역사 이야기가 나오면, 아이의 정신이 역사 속으로 들어가며 거실에서 코를 골며 잔다.
아이는 엄마가 새벽에 나가는 시간이면 피곤하더라도 눈이 떠진다.
엄마가 나가면 다시 잠을 잔다.
몇 시간 후 현관문이 열리고 신선한 공기가 거실로 들어와 가득히 채우면,
아이는 눈을 떠 엄마를 확인한다.

아이는 미소 지으며 이불 속에서 상체만 세워 앉아 말한다.

"너구리 아줌마, 운동이 너무 좋은가 봐?"

아이 엄마는 탱탱한 얼굴로 눈을 크게 뜨며 말한다.

"그럼! 너무 좋아!"

아이는 엄마의 모습을 보고 운동하고 싶은 마음이 생기기 시작한다.

새벽, 아이는 엄마보다 먼저 눈을 뜨고 옷을 입는다.
"엄니, 오늘은 같이 운동할까요?"
아이 엄마는 미소 지으며 말한다.
"좋아!"

아이는 아무 말 없이 엄마만 쫓아가며, 궁금한 표정을 지으며 졸졸 따라갔다.
조그만 건물……,
안으로 들어가기 전 아이 엄마는 아이 얼굴을 보며 편안한 미소를 짓는다.
아이도 미소 지으며 안으로 들어갔다.
아이 엄마는 벽 스위치로 어두움을 밝게 만들면서 말한다.
"여기가 엄마 운동하는 곳이야."
아이는 가볍게 미소 지으며 말한다.

"교회 다녔어요?"

나무로 된 장의자가 오와 열을 맞춰 있고, 정면에는 말씀하는 장소인 것 같다. 아이 엄마는 다시 벽 스위치로 어둡게 하고, 한 곳만 조그만 불을 켰다.
아이는 엄마 모습을 보다, 주변을 둘러본다.
마음이 조용하면서 누군가 따뜻하게 해 주는 것 같고, 촉촉한 꽃향기가 아이를 기분 좋게 해 준다. 아이는 엄마 옆에 앉아 눈을 감고 자신도 모르게
엄마의 기도 소리에 스며든다.

아이 엄마는 항상 성 프란체스코 기도문을 읽고,
정신이 살아 있는 상태에서 기도한다.
조그만 조명 아래서 읽는다.
“큰일을 이루기 위해 힘을 주세요 기도했더니,
겸손을 배우라고 연약함을 주셨고,
많은 일을 해낼 수 있는 건강을 구했는데, 보다 가치 있는 일을
하라고 병을 주셨습니다.
행복해지고 싶어 부유함을 구했는데 지혜로워지라고 가난을 주셨고,
세상 사람들의 칭찬을 받고자 성공을 구했는데,
뽐내지 말라고 실패를 주셨습니다.
삶을 누릴 수 있게 모든 것을 누릴 수 있는 삶 그 자체를 선물로 주셨습니다.
구하는 것 하나도 주지 않으셨지만 내 소원 모두 다 들어주셨고,
하나님의 뜻을 제대로 따르지 못하는 삶이었지만, 내 마음속에 진작에

표현 못 한 기도는 모두 들어주셨습니다.
나는 가장 많은 축복을 받은 사람입니다."

아이는 앉아 있는 상태에서 눈은 뜨고, 엄마의 모습을 지켜보며 생각한다.
'그래서 엄마가 항상 건강했구나…….
자랑스러운 너구리 아줌마 감동입니다.
그 정신……, 좋다!'

아이 엄마는 간절한 기도를 한다.
"저에게 착한 아들이 있습니다. 가족 때문에 아직 결혼을 못 하고 있습니다.
아들 같은 착한 신부를 만나게 해 주십시오……."
아이는 미소 지으며 편안한 잠을 잔다.

잠시 후,
건물 안이 환해지면서 많은 인간들이 노래를 부른다.
아이는 눈을 뜨고 조용히 지켜본다.
노래를 부르고 아이 엄마도 부르고 어린아이들과 같이 춤을 추며,
누구의 눈치보다는 마음에서 나오는 진실한 모습이,
꿈만 같아 아이도 흉내를 낸다.
아이 마음은 설렘으로 어디선가 느껴 본 듯한,
느낌에 생각을 해 보지만 잘 안 난다.

건물에서 나와 아이는 엄마와 집으로 가면서 이야기한다.

"너구리 아줌마, 언제부터 다녔어?"

"음……, 4년……. 아들도 같이 다닐까?"

"음……, 글쎄. 하여간 오늘 기분 좋아."

아이는 마음이 외로우면 그 건물에 가서 물을 마시고,
한쪽 자리에 앉아 잠을 잔다.
그 속에서 느끼는 기분은 항상 미소를 짓게 만들며, 세상일은 순간 잊어버리고 새로운 세상에 온 것처럼, 아이는 보이는 대상도 없이 혼자서 눈을 감고 대화하는 것이 편하게 느껴진다.
'감사합니다. 어머니에게 돈, 명예, 건강보다 믿음의 길로 인도해 주셔서 고맙습니다. 저도 인도해 주셔서 좋은 사람들을 보니 생각도, 행동도 변화하는 것이 느껴져 감사합니다.'
아이는 그렇게 조용히 다녔다.

아이에게 새로운 거래처가 생겼다. 그것은 하늘에서 내려 주신
선물일까?

새로운 거래처 첫 방문에 아이는 커다란 키와 여성스러우면서, 어딘가

모르게 진실성이 보이는 걸음걸이가 아이의 마음에 들어왔다.

여자 또한 근면, 성실하면서 순수해 보이는 아이에게 호감을 느낀다.

짧은 시간도 긴 시간도 둘은 이야기를 주고받으며, 밤에도 아침에도
인간들이 모르는, 전국 유적지의 비밀을 아이는 여자에게 알려 주었다.

여자 또한 순간이라는 시간에 손수 집에서 만든 도시락으로,
아이가 있는 곳으로 찾아와 겨울에도, 여름에도 같이 먹는다.
여자의 차에서, 아이의 차에서 둘은 항상 봄과 가을이었다.

아이는 특수한 임무로 고민하다, 여자를 만날수록 섬세하고 사랑스러
운
매력에, 고민을 고백한다.
"저는 결혼을 생각하기에 힘든 사람입니다.
가족들도 모르는 일을 하기에, 언제 어디든 가야 하기에……."

아이는 여자에게 한마디 말을 하고 밖으로 나간다.
"나는 당신이 마음에 드는데, 당신도 내가 마음에 들었으면 좋겠네요.
밖에서 10분 기다릴게요. 안 나오시면 가겠습니다."

여자는 창가에서 지는 해를 보며 깊은 생각을 한다.
부모로부터 버림받고 고아원에서 자라다, 입양 절차를 통해 양부모에게 사랑 없이 또 버림 속에서 홀로 치열한 사업을 하다 보니, 여자 또한 결혼이라는 단어가 없었다.
여자는 눈을 감고 물어본다…….

여자는 사업의 삶을 정리하고 칠백 명의 의로운 영들이 사는 곳으로 왔다.

아이는 시골 할아버지에게 여자를 인사시켰다.
할아버지는 아이에게 말한다.
“평생 귀한 손님처럼 대해 주어야 한다.”

아이는 할아버지의 말씀과 모습을 보며, 주머니에서 돈을 꺼내 돈 주인공 오른쪽 가슴에 쓰인「理」를 여자에게 준다.

여자는 아이에게 말한다.
“지금까지의 삶은 제1의 삶이고, 앞으로의 제2의 삶은
같이 행복하게 시작해요.”
여자는 눈물을 글썽인다. 여자는 눈물이 많다.

아이 동생은 아이와 신부 앞에서 축하를 인간 목소리와 가장 비슷한 색소폰으로 소리 내고, 의로운 인간들은 박수와 미소로 표현한다.

아이와 신부의 보금자리는 여러 높은 건물 중에 중앙 건물이고,
구십 가정 중에 한가운데 둘만의 가정이 시작되었다.

즐거운 시간보다 안 즐거운 생활이 기다리고 있었다.
아이는 아침부터 밤까지 일을 하고, 신부는 하루 종일 보금자리에 갇혀
있는 것 같다.

아이는 일을 마치고 보금자리로 오면 신부에게 아무 말 없이, 미소만 지으며 잠을 잔다.
주말은 아이가 좋아하는 책을 보고 신부에게 옛날이야기를 한다. 그리고 뛈박질을 하자고 한다.
신부는 밖으로 나가 다정다감한 이야기를 하고 싶은데…….
아이와 신부는 믿음으로 축복된 결혼을 했지만, 아직은 서로의 마음을 잘 모른다.

새벽,
아이는 조그마한 건물 안으로 들어가 두 손 모아 기도하기 시작한다.
얼마 안 되어서 잠 속으로 들어간다.
나도 아이 꿈속으로 들어간다.
먹구름이 가득한 하늘, 장맛비를 맞으며 아이는 늦은 시간까지 물건을 차에 싣고 운전대를 잡는다. 차 유리를 보니 빗물 때문에 잘 안 보인다.

아이는 거친 파도 속에서 나온 사람처럼 머리부터 발끝까지 물이 맺혀, 운전 좌석에 물이 고인다. 피곤에 지친 무표정한 얼굴과 긴장감이 보이는 눈빛으로 운전을 하면서, 숨을 입으로 마시고 코로 내쉬고 다시 코로 마시고 입으로 내쉬고를 반복한다.
목적지에 도착한 아이는 다시 비를 맞으며 더 큰 차에 짐을 이동시킨 다음, 높은 건물이 있는 보금자리로 간다.
아이는 우울한 표정으로 집 앞에 와 현관문을 잡는 순간.

나는 신부의 혼을 불러 다정다감한 표현 시간을 주었다.

아이는 조용히 집 안으로 들어간다. 집 안 전체가 밝게 비치고 매화 향 같은 은은한 것이 아이의 새로운 옷과 마음을 준비시켜 주었다.

방 유리창은 밖의 세상이 눈에 가득 들어오는 아주 큰 유리창이다.

아주 큰 유리창은 새하얀 매화 꽃무늬 커튼으로 쳐져 있고, 신부는 의자에 편안한 자세로 기타를 치면서 밝게 웃으며 말을 한다.

“오빠! 왔어? 고생했지. 노래 불러 줄게. 잘 들어.”

아이는 미소를 지으며 신부에게 집중한다.

신부는 리듬을 타며 노래한다.

[내가 찾는 아이 흔히 볼 수 없지

넓은 세상 볼 줄 알고 작은 풀잎 사랑하는~

워~ 워~ 흔히 없지 예~ 예~ 볼 수 없어

내가 찾는 아이 흔히 볼 수 없지

미운 사람 손을 잡고 사랑 노래 부르지

워~ 워~ 흔히 없지 예~ 예~ 볼 수 없어

내가 찾는 아이 나는 볼 수 있지

사랑하는 내 오빠도 볼 수 있지

워~ 워~ 볼 수 있지 예~ 예~ 볼 수 있어]

아이는 가볍게 눈을 뜨고 팔로 머리를 받치며, 조용한 건물 안에서 좋은 생각을 한다.

'왜, 왜 자꾸 아버지처럼 하려고 하지. 색시는 나를 믿고 자기 자신을 버리고 이곳까지 왔는데……. 문제는 나다.'

아이는 집 현관문을 열기 전 주머니에서 지갑을 꺼내, 할아버지가 준 돈을 본다.

"귀한 손님……. 지금부터 해 보자."

아이는 좋아하는 초콜릿 대신 신부가 좋아하는 빵을 먹고, 옛날이야기 대신 다정다감한 재미있는 이야기로, 뜀박질보다 꽃이 가득한 곳에서, 산책을 하기 시작하였다.

나는 아이가 사랑스럽다.

자기의 모든 주관을 버리고 생활하는 것이 너무 감사하다. 나도 아이에게 선물을 줄 것이다.

신부는 모든 것이 낯설고 생활 자체가 우울하였다.
주위에서 배려를 해도 마음에 들어오질 않는다.
큰 유리창에 서서 밖을 보니 하늘 또한 우울해 보인다.
신부는 두 눈을 감고 두 손 모아 한참을 기도하던 신부는,
자신도 모르게 그대로 잔다.

아이는 차 운전을 하면서도 항상 신부 걱정을 한다.
'지금 뭐 하고 있을까?'
차를 세워 시동을 끄고 하늘을 멍하니 보고 있다.
나는 아이를 신부의 꿈속으로 인도한다.

빗속에서 일을 하던 아이는 차 속으로 들어가 휴대폰을 받고,
인간들이 보기 드문 외곽지로 거칠게 운전한다. 옷이 젖은 채 거대한 화물차
윙바디 속으로 들어간다.
무표정한 얼굴로 지시하는 지도자 3명, 아이와 같은 3명의 국정원이 각각
일대일 대화를 나누고 있다.
"오늘도 지시 상황 전달한다. 삼국시대 고구려의 영양왕이 태학박사 이문진에게 명하여, 유기 역사서 100권을 5권으로 집약하여 편찬한 신

집 역사서인데, 개국 초 단군 조선의 역사서로 추측이 된다……."

지시하는 요원은 아이와 눈을 맞추자, 아이는 바로 무장하기 시작한다.

다른 인간들도 눈을 맞추고 지시한다.

"백제 학자 고흥이 근초고왕 때 편찬한 서기 역사서로……,

신라 진흥왕이 거칠부에게 명하여 편찬케 한 국사 역사서……."

지시받은 인간들도 무장하고 각자 임무 수행지로 사라진다.

아이 조상들의 수많은 전란으로 수많은 역사서가 깊고,

은밀한 곳에 숨겨져 각국 나라들의 금지 구역에 있다.

5000년 이상의 역사서를 찾아오는 것이 임무이다.

잠시 후 검은 승용차는 알 수 없는 목적지를 향해 달린다.
아이의 차는 아이와 비슷한 인간이 모자를 쓰고 일을 하러 간다.

아이는 상륙함 갑판 위에 검푸른 위장복 차림으로 헬기를 주시한다.
검은 하늘에서 비가 오고 파도치는 검은 바다, 아무것도 보이지 않는 축축한 세상, 아이는 신병 때부터 사용한 K2 소총을 개조한 것을 몸의 일부처럼 등에 착용한다.
어두운 해안, 헬기에서 로프 한 줄이 자갈 바닥까지 떨어진다.
아이는 레펠을 하며 주위를 살핀다. 발을 바닥에 내딛자 헬기는 사라지고, 크고 작은 산을 뛰기 시작한다. 몸에 익은 호흡으로 뛰니 뜨거운 김이 머리부터 시작하여 몸 전체서 모락모락 나오기 시작한다.
얼굴은 빗물과 땀방울이 섞여 흐른다.
몸 안의 열정이 땀으로 나와 빗물에 씻겨 몸도 마음도,
점점 가벼워 더 빨리 뛴다.

전방에 2층으로 된 펜션과 고급 승용차들이 점점 가까워진다.
아이는 달리는 속도가 줄면서 바지 뒷주머니에서 판초 우의를 꺼내, 큰 나무뿌리 바닥에 누워 몸 전체를 위장한다. 그리고 펜션만 바라본다.
바로 문이 열리면서 안의 빛이 밖으로 나오며 양복 입은 사나이가 나오자 한 명은 우산을 받치고, 한 명은 승용차 뒷좌석 문을 연다.
아이는 누운 자세로 여유 있으면서 빠른 속도로, 호흡을 코로 크게 내쉬고 들어 마신 다음 호흡을 멈추고, 양복 입은 사나이 머리를 향해 방아쇠를 당긴다.

쓰러지는 모습까지 확인한 다음 무조건 앞만 보고 단거리 선수처럼 뛰기 시작한다. 아이와 같은 팀이 그사이 펜션 쪽으로 기습한다. 눈에 보이는 것 없이 감각으로 심장이 터질 것 같은 순간 눈앞에서 헬기가 이륙하려고 한다.
아이는 악을 쓰며 무장한 장비를 버리고, 나뭇가지에 찢겨 너덜너덜한 위장복도 자연스럽게 벗겨져 알몸으로 로프에 매달려 일체시킨다.
순간 비에 섞인 총알이 사방 천지에서 날아오자, 헬기는 더 높이 이륙하여 총알 사정거리에서 벗어나자 움츠렸던 몸을 펴고 주위를 본다.
어두운 하늘과 검은 바다가 분간 없이 넘실거린다.
로프를 잡은 손에 이상한 느낌이 오자 아이는 호흡하면서, 헬기를 향해 악을 쓰며 올라가고 있다. 로프가 총알에 맞았는지 점점 끊어지는 것이 안타깝다.
아이는 헬기를 보며 소리친다.
"색시~ 같이 가~."

신부는 눈을 뜨고 사방을 보니 방이었다.

신부는 큰 유리창으로 다가가 밖을 본다.

어두운 저녁, 비가 장맛비처럼 온다.

신부는 초점 없이 밖을 보며 눈물이 볼 곡선을 타고,

방바닥으로 조용히 흐르며 말을 한다.

"혼자가 아니네. 이젠 같이 가야 하는데……. 이것이 제2의 삶의 시작 인가?"

현관문이 열리며 아이가 들어온다.

신부는 손등으로 눈물을 눈치채지 못하게 닦으며 말한다.
"겨울에 무슨 비가 장맛비처럼 오네."
아이는 축축한 모습이지만 환하게 웃으며 욕실로 들어간다.
신부는 아이의 젖은 옷을 보며 다시 조용히 눈물을 흘리며 말한다.
"미안해……. 같이 갈게……."

다음 날,
화창한 아침 햇살이 큰 유리창에 가득 들어온다.
아이와 신부는 깨끗한 옷을 입고 조그만 건물로 간다. 그곳에는 아이들과 사람들이 노래를, 율동을, 마치 아이가 유치원 재롱잔치 때 한 행동이 생각난다.
유치원 선생님이 가르쳐 주면 아이뿐만 아니라, 다른 아이들도 순수한 마음으로 서로 웃으며 하였다.
아이들은 아무 대가 없이 세상 이치를 알기에 즐거움 그것뿐이다.

아이는 그래서 조그마한 건물에서 변화하는, 원래대로 돌아가는
신에 마음을 가르쳐 줘서 좋아한다.
사랑을 깨닫고 있다.
밖으로 나와 둘은 다정히 손잡고 높은 보금자리 건물로 간다.
멀리서 둘을 지켜보는 아이 어머니는 행복한 미소를 지으며,
본인도 모르게 높은 건물까지 발걸음이 갔다.
높은 건물 옆 낮은 건물에서 닭 한 마리가 큰 소리로
"꼬끼오~."

아이는 신부를 보며 말한다.
“저 소리가 꼭 색시야~ 하는 것 같네. 저놈 이름을 뭐라고 하지?”
신부는 미소 지으며 말한다.
“그럼, 닭순이라고 해야겠네.”
아이는 미소 짓는다. ‘수탉인데…….’

새벽하늘을 보며 아이와 신부가 사는 건물의 정중앙을 보는, 아이 어머니는 총명한 별 하나가 아이와 신부 보금자리 쪽으로 떨어지는 것을 본다.
아이 어머니는 환한 얼굴로 반복해서 말을 한다.
“별이, 별이……, 동이 틀 무렵 보름달도, 분명 귀여운 며느리가 임신한 거야. 감사합니다. 내가 진짜 행복을 알고 사는구나.”

새벽에 있었던 일을 듣고 신부는 너무 좋아하며,

산부인과 진찰을 받았다.
임신이다.
신부가 "배 속의 아기 태명을 별, 달, 해라고 부르면 어떤가요."라고 물으니, 아이와 어머니는 정말 좋은 태명이라고 환한 미소로 동감한다.

1년 후,
조그마한 건물에 아이와 신부 그리고 홍얼거리는 별이, 달이, 해를 유아방에서, 말씀 듣는 뒷자리에는 아이 어머니가 조용한 새벽 기도를 하고 있다.

신부는 홍얼거리는 별이, 달이, 해를 교대로 젖을 물린다.

별이, 달이, 해를 조용히 젖을 빨다 꿈나라로 가는 것을, 신부는 확인하고

같이 눈을 감는다.

신부는 환상 속으로 들어간다.

아이의 시골 할아버지 집 풍경이 보인다.

하늘이 너무 깨끗하여 커다란 구름도, 달도, 별도

바로 눈앞에 있는 것 같다.

온화하다.

할아버지 집에서 흰둥이와 새끼들이 밖으로 나와 신부를 보며,

산 쪽으로 인도한다.

신부는 흰둥이 뒤를 시냇물이 흐르듯이 가볍게 호흡하면서 달린다.

산 중턱에 도착하니 산 곳곳에 투명한 물기둥이 있고, 물 천막을 쳐 가

까이 있는 태양으로부터 산이 보호받고 있다. 그리고 신부가 가장 좋아하는 몸 온도로 지켜 주니 기분 좋은 땀이 흐른다.

신부는 주위를 보며 다시 천천히 달린다.

산 중턱부터 정상까지 계단 형식으로 되어 한 계단은 축구 경기장처럼 푸른 잔디에 홍매화가 가득 꽃을 피우고 있다.

신부는 벌처럼 꽃향기에 취해 눈을 감고 뛰고, 더 빨리 뛰어도 산뜻한 공기가 신부 몸속까지 전달되는 것이, 숨이 천천히 걸어서 가는 것 같다.

다시 한 계단 위로 가니 수없이 많은 흰 매화나무와 흰 꽃잎이, 바닥에서 온통 포근한 구름처럼 신부 마음을 가볍고 포근하게 지켜, 신부 얼굴 또한 환하게 미소를 짓는다.

다시 한 계단을 가니 눈 가득 초록 물결이 친다.

청매화 나무에 초록 매실이 가득 열려, 신부가 열매 하나를 따자, 열매는 바로 책으로 변한다.

신부가 신기해 다른 열매도 따자, 책으로 변한다.

신부는 눈도 콧구멍도 입도 커지며 설레는 마음으로 책을 펴 보니, 좋아하는 모든 것이 그림 동화식으로 보인다.

책을 덮고 다시 열매를 따려는 순간, 신부의 시야에 양복 입은 사람이 보인다.

신부는 그쪽으로 점점 갈수록 어디선가 본 듯한 느낌이 온다. 양복 입은 사람은 신부를 보며, 환한 미소로 반기며, 정다운 목소리로 말한다.

"책 속에서 신(神)을 보았니?"

신부는 고개를 끄덕이며 조심스럽게 말한다.

"예."

신부는 양복 입은 사람 얼굴을 어디서 봤을까. 기억이 가물가물하였다.

양복 입은 사람은 찻잔에 매실 물을 담아 신부에게 주며 말한다.

"내가 여기서 생활할 수 있게 기도해 주어서 고맙구나. 마시고 산 정상으로 가 보아라.

그곳에 아이가 있을 거야. 자신의 정신을 다 버리고 새로운 정신을 가질 수 있게 해 주었구나."

양복 입은 사람이 점점 자연스럽게 신부의 시야에서 사라지면서……,

신부는 산 정상을 보며 달리기 시작한다.

정상으로 갈수록 물 천막이 없어지면서 숨이 차기 시작한다. 숨이 너무 차 천천히 걸어간다. 신부는 고통을 참으며 이마 땀을 닦는다. 주위를 보아도 나무 그늘 하나 없다.

산 정상 쪽에서 북극곰 새낀지, 흰둥이 새낀지 마중을 나와 신부 쪽을 향해 앞다리로, 어서 올라오라고 발길질한다.

신부는 미소를 지으며 흰둥이 새끼를 쫓아간다.

정상에 도착하니 햇볕이 강하고 호흡하기가 어렵다.

주위는 온통 고추밭이다.
흰둥이와 새끼들이 열심히 잡초를 입으로 물어뜯고, 앞발로 파내고 있다. 그 가운데 가무잡잡한 사람이 수북이 매달린 풋고추와 빨간 고추를 따로 열심히 따고 있다.
더 가까이 가 보니, 그 사람은 아이였다.
신부는 멍하니 그 광경을 보면서 양복 입은 사람이 생각난다.
아이가 알려 주었던 돈 '퇴계 이황 선생님.'
신부는 정신없이 일하는 아이를 보며 큰 소리로 부르지만,
아이는 아무 응답 없이 일만 한다.

세쌍둥이 중에 별이 울음소리가 들리자 아이는 유아실 안으로 들어간다.
아이는 신부 얼굴을 본 다음 세쌍둥이 볼에 뽀뽀한다.
달콤한 젖 냄새와 구린내가 풍기자 작은 이불을 젖히고, 새 기저귀로

다리 사이에 채운 다음 포대기로 등에 업고, 기도하는 아이 어머니 주위를 천천히 돌자, 별이는 다시 잠을 잔다.

아이는 별이를 업은 채 조심스럽게 아이 어머니 옆에 앉아,
상체를 앞 의자에 기댄 자세에서 눈을 감는다.
아이는 환상 속으로 들어간다.

넓고 넓은 바다 한가운데 우뚝 서 주위를 보니, 짠 바다 냄새가 아닌 산뜻하고 갓 구운 빵 냄새가 난다. 하늘은 새하얀 구름들이 너무 많아 양털처럼 포근해 보인다.
'그런데 어떻게 내가 바다 위에 있지?'
아이는 밑을 본다. 몸이 점점 바닷속으로 들어가고 있다. 아이는 들어갈수록 별이가 신부 배 속에서 아주 편한 자세로 있는 모습이 생각난 듯, 마음과 정신이 설레면서 깨끗해지는 것이, 아이는 기분이 너무 좋아 말한다.
"좋아."
산 공기 마시듯 호흡을 크게 하며 바닷속에서 자유자재로 호흡한다.

산과 똑같이 큰 바위도 있고, 꽃도 있고, 나무도 있다.

목적지를 향해 나를 더 푸르고 깊은 곳으로 인도한다. 아이는 눈을 감고 엄마 배 속처럼 자연스럽게 움직이며 코로 느낀다.

귀에서 처음 듣는 기분 좋은 부르는 소리가 들려온다.

“어서 오시게.”

아이는 눈을 뜨고 앞에 보이는 광경에 입이, 눈이, 콧구멍이 점점 커진다.

아주 큰 물기둥 위에 거대한 통나무집이 보인다.

물기둥은 아이가 사는 높은 건물 형태 그대로 10개가 있고,

그 위에 통나무집이 있다.

커다란 현관문 앞에서 어디서 본 듯한 정다운 모습이 보인다. 아이가 현관문 앞에 발을 디디자 너무 반가워하며 힘 있게 포옹해 준다.

"애구! 우리 사위…… 많이 컸구나. 처음 내 새끼 만날 때만 해도 어린 아이였는데……. 나의 사위, 안으로 들어가자!"

아이는 멍하니 장모를 보며 생각했다.

'사진으로만 보았던 장모님이…….'

아이는 통나무 집안으로 들어간다.

둥근달이 천장 통나무 전체에 스며 환하게 비추어, 눈으로도 마음으로도 장모 사랑이 느껴진다.

나무 바닥을 지나 다시 문을 여니, 축구장만 한 강가에 넓고 큰 모래벌판이 있다.

장모는 신발과 양말을 벗고 밝은 미소로 사위를 쳐다보며 손을 내민다.

아이도 신발과 양말을 벗는다.

장모 손을 잡고 모래벌판에 서서 모래를 바라보니 모래가 아닌 금가루였다.
발부터 시작하여 점점 머리까지 육신은 그대로인데,
얼굴 표정과 걸음걸이가 4살 어린아이로 돌아간다.
장모 손을 잡은 아이는 아무 이유 없이 밝게 미소 짓고 그냥 웃는다.
장모와 아이는 금가루 벌판을 천천히 걸으며 정답게 이야기한다.
"사위, 내가 죽은 후 내 딸을 보니 너무 외로운 모습에 나 또한 너무 마음이 아파……. 딸도, 나도 서로 각자의 길을 못 가고 시간만 흘렀지. 딸이 사위를 만나고부터 나도 외롭지 않은 상태가 되자…… 간절히 딸을 위해 기도하던 중 사부인의 영이 보여 사부인 꿈속으로 자주 들어갔지. 지금도 가끔씩……."

장모는 고마운 미소를 강가에 보낸다.
강가는 무지개 빛깔로 장모의 마음을 알아준다.
아이는 강가의 빛깔을 보며 장모의 사랑을 느낀다.

장모는 아이의 손을 두 손으로 감싸 잡으며 말한다.
"자네는 어머니 사랑하는 마음이 커. 그 마음이…… 내 딸을 지켜 주는 모습이 이 강가에 보여서 더 간절히 신에게 기도했지…….
어려서부터 믿음과 사랑이 큰 딸은 내가 죽은 후, 믿음의 사랑이 점점 약해져……. 딸의 꿈속에 아이 모습을 보여 주어 자네를 비추어 주고, 자네에겐 역사로 믿음의 사랑을 주었고……."
아이는 장모를 보며 아무 말 없이 미소 지으며 포옹한다.
금가루 벌판을 나와 장모는 아이에게 말한다.
"이 문을 열면 자네가 바라던 세상일세……."
아이는 문을 연다.

하얀 통나무집이 있고 지붕에는 새하얀 글씨가 보인다.

[아리수 너구리]

글씨에 아이는 놀라워한다.
"와우~."
장모는 감격하는 아이를 보며 말한다.
"딸이 좋아하는 통나무집을 짓고 사위가 생각하는 간판으로, 이곳에서 장사를 하고 있네."
아이는 눈에 보이는 신기하고 오묘함에 감탄사만 낸다.

장모는 아이와 걸어가면서 설명한다.
장모 걸음은 신부의 걸음걸이와 똑같다.
"우리 사위는 옛사람들의 순수한 사랑을 좋아하지. 그래서 순수한 사랑을 강에 비유하고……. 옛 사람들은 한강을 아리수라고 해…….
현실적인 사부인의 사랑이 좋아. 나는 사위가 사부인을 너구리 아줌마라고 부르는 소리에……
사위가 돈이 생기면 이 간판으로 이웃에게 좋은 선물을 전해 주려고 하는 마음을 알고, 내가 이곳에서 먼저 하고 있네."
아이는 장모의 얼굴을 보며 설레는 표정에 두 눈을 크게 뜨자, 장모 또한 두 눈을 크게 뜨며 응답한다.

아이는 그곳을 향해 뛰어 가까이 가자, 빵으로 만든 하얀 통나무집에 생크림으로 쓴 간판을 보며 혼잣말한다.
"설마…… 설마."

아이는 문손잡이를 잡고 문을 천천히 열면서 후각으로 느끼니, 산뜻하고 촉촉한 바람에 달콤한 향으로 코와 입이 양 귀 방향으로 움직인다.
청각에서는 조용하면서 마음 깊숙이 기분 좋게 해 주는 새 한 마리가 마치 색소폰을 연주하는 것처럼 소리 내니, 정신이 맑아지며 집중이 된다.
문을 활짝 여니, 감은 두 눈 속으로 온화한 빛이 가득 들어온다.
살며시 눈을 뜨니 지금까지 보았던 색상은 흑백처럼 느껴질 정도로, 손으로 만지면 묻을 것 같은 살아 있는 색깔이 아이를 황홀하게 만든다.

아이 눈이 이곳에 적응하자 온 사방이 책으로 가득하였다.
천장도, 바닥도……. 바닥의 책을 한 권 잡고 숨을 가볍게 코로 마시고 입으로 내쉰다. 그리고 책을 펴니, 순간 아이 시야에 파란 하늘과 푸른 잔디로 환경이 바뀌고 아이는 러닝 복장으로 마음껏 달리고 있다.
아이는 반복해서 말한다.
“좋아~ 좋아. 좋다…….”

이 책, 저 책을 보다 천장을 보고 눈에 들어오는 한 권을 보니, 그 책은 낙엽이 떨어지듯 아이 손에 가볍게 떨어진다.
입안의 쓴 침을 쩝쩝하며 책을 펴니, 아이 손 위에 갖가지 조각 케이크가 공중에 떠 있다. 한입 크기의 조각 케이크는 아이 입안 곳곳의 쓴 침을 청소하고, 몸속 깊숙한 곳까지 이슬비처럼 촉촉하게 해 준다.
아이의 모든 감각 기관이 살아 움직인다.

정면을 바라보니 아이만 한 크기의 책이 보인다.
아이가 미소 지으며 당당하게 책 앞에 서 있자, 아이만 한 책은 포옹하듯 아이를 흡수한다.

구름을 손으로 제치며 앞으로 가는 아이 모습은 보물 찾는 것처럼 온몸이 설레는 자세다. 물 흐르는 소리가 아이를 그곳으로 인도한다.

아이 눈에 비친 깨끗한 그곳은 시작이 안 보이는 하늘에서, 폭포수가 떨어져 주위에 솜사탕 같은 구름이 생겨 청소하는 것처럼 주위의 나무, 바위, 물 모든 것이 숨 쉬는 세상이다.
폭포수가 떨어져 흐르는 강물 옆에 아이가 존경하는 돈의 주인공이 붓을 강물에 묻혀 책상 위 종이에 글을 쓰고 있다.
아이는 너무 반가워 순간 몸이 얼음이 되어 조용히 부른다.
“선생님.”
글을 다 쓰고 아이를 보며 말한다.
“이것을 깨달았니?”
종이에는 다스릴 리「理」가 쓰였고 글자 안에는 물이 순환하고 있다.
아이는 겸허한 미소로 고개를 좌우로 흔든다.
퇴계는 일어나 아이 곁으로 가 등을 쓰다듬어 주고 걸어간다.
아이도 일어나 한 발 뒤에서 따라 걷는다.
퇴계는 가볍게 뒷짐을 지며 말한다.

"세쌍둥이는 건강하지?"

아이는 생각도 못한 말씀에 감사하여 대답이 목에 걸려, 제대로 안 나오는 소리로 말한다.

"예…… 건강합니다."

"세쌍둥이가 배 속에 있을 때 보았니……? 나는 너를 세상에서 살아가는 모습을 보았지?"

아이는 산부인과에서 신부 배 속을 초음파 검사할 때, 세쌍둥이의 진화하는 모습과 아무 이상 없이 세쌍둥이가 온전히 자라며 더 큰 세상으로 나오는 것을 생각하면서 사랑을 생각한다.
'세쌍둥이의 세상이지만 색시의 배 속에서 사랑받으며 큰 것이다. 나도 사랑받으며 세상살이 하고 있다……. 왜 근본을 몰랐을까?'
퇴계는 생각하는 아이 얼굴을 보며 겸허한 미소로,
고개를 천천히 위아래로 끄덕인다.
폭포수 앞에서 퇴계는 아이의 두 손을 잡고 말한다.
"너도 모든 것을 사랑으로 다스려야 된다."
아이는 환한 미소로 답변을 하자, 퇴계는 이슬처럼 사라지며 아이의 머리부터 발끝까지 촉촉하게 스며든다.

뒤에서 아이를 부른다.
"어~이."

아이가 소리 나는 쪽을 보니, 말만 한 흰둥이 등 위에 전신을 찰갑으로 무장하고 얼굴 표정은 근엄함보다 익살스러운 표정이 다정다감해 보인다.
그는 연개소문이다.

아이 다리 사이로 개 머리가 들어와 아이를 등에 태운다.
아이는 놀라며 개를 보니 산악회에서 죽었던 큰 개다.

흰둥이와 연개소문이 한 몸처럼 푸른 초원을 달리자, 큰 개는 등에 태운 아이 얼굴을 힐끔 보며 미소 짓는다. 아이는 큰 개를 잡으며, 얼굴을 목덜미에 파묻는다.

잠시 후,

아이는 얼굴을 들고 바닥을 보니 빠른 속도로 가는데, 큰 개의 발은 허공에서 달리는 것처럼 아이까지 전달되는 발 도움 충격이 없다. 아이는 상체를 세우고 달리는 바람을 느끼며 하늘을 향해 대자로 눕는다.

무지개 빛깔의 길이 끝없이 보인다.

큰 개는 보이지도 않는 무지개 길을 그대로 가고 있다.

시냇물 옆에 무지개 빛깔이 하늘에서 땅끝까지 박힌 것 같다.

흰둥이는 큰 나무 그늘에서 휴식을 취하고, 연개소문은 장작에 불을 지피며 말한다.

“어서 오시게.”

아이는 큰 개 등에서 내려 눈에 보이는 나뭇가지를 주워 동참한다.

연개소문은 아이의 눈과 마주치자 환한 미소를 지으며, 덥수룩한 털 사이로 혓바닥을 보인다. 아이도 연개소문을 보며 흉내 낸다. 서로 크게 웃는다.
장작에 불이 활활 붙자, 연개소문은 흰둥이 잔등에서 동복을 챙겨 시냇물을 받아 장작 위에 올려놓으며 말한다.
"국수 좋아해? 맛나게 해 줄게."
끓은 동복에 이것저것 넣는 연개소문을 지켜보던 아이는 무엇이든지 물으면, 이야기해 줄 것 같은 마음에 말한다.
"신이 존재합니까?"

연개소문은 아이를 보며 서슴없이 말한다.

"나 이전에도, 너 때도, 세쌍둥이 후손 때도, 항상……."

아이는 활활 타는 장작불에 눈이 고정되어 고개를 끄덕인다.

아이의 맑은 정신을 확인하고 이어 말한다.

"신은 당태종 이세민에게 잠시 세상을 맡겼는데 이세민은 황제가 되어 자기중심으로 세상을 움직였지……. 주변 국가들은 하늘의 뜻이 아닌 사람 뜻에 따르고 그를 신처럼 모셨지……. 고구려 또한 영류왕을 비롯한 많은 신하들이 사람의 뜻을 따르자, 나는 영류왕을 무참히 시해하고 보장왕을 옹립한 후 대막리지에 올라, 당태종 이세민까지 단번에 시해하려고 하였지…….

하지만 그의 목숨은 고통을 받으며 신에 의해서 죽었지. 죽은 후에도 고통을 받고 있지……."

연개소문은 아이에게 국수를 말아 주며 말한다.

"맛나다. 그 시대 하늘의 뜻을 알고 죽는 자가 너무 적어. 그래서 신은 보이는 인간에게 계시와 사명을 주지. 많은 인간들이 계시자와 사명자 중심으로 신과 가까워지면 그 반대 인간들이 항상 중심자를 따돌리거나 죽음으로 몰아내고, 자신의 정신을 가르치지…….

신은 안타까워하지……. 그래도 우리를 사랑으로…….

나 때는 육적으로 했지만, 너 때는 정신으로 해야 할 것이야. 그래야 세쌍둥이나 후손 때는 영적으로 말없는 미소로 신의 사랑을 전달하겠지."

큰 개는 하늘을 보며 크게 한숨을 쉬고 무지개 빛깔 속으로 향한다.
아이는 돌아가신 아버지가 천장을 보며 긴 한숨을 쉬는 것이 생각났다.
흰둥이도 무지개 빛깔 속으로 들어가기 전 아이를 보며 미소 짓는다.
아이도 미소 지으며 생각한다.
'그래 나도 갈게.'

연개소문은 검 한 자루를 아이 앞에 내밀며 말한다.
"장모님 마음을 알아주어라."
그리고 빛 속으로 들어가자 아이는 아무도 없는 텅 빈 곳에서 공허한 마음이 크자 아이도 빛 속으로 들어간다.

아이는 사방을 보아도 아무도 없자 오묘한 빛을 보며 한참 생각을 한다.
정신을 차리고 뒤돌아서 나를 향해 온다.

설마 나를 보고 오나…….

아이는 내 앞에 서서 아래서부터 천천히 위로 쳐다본다.

나는 급소를 강하게 맞아 말을 못 하는 사람처럼 얼음이 되었다.

아이는 나를 보며 말한다.

"나랑 너무 똑같다. 그런데 키가 훨씬 크네. 옷도 빛이 나고……. 누구세요?"

"내가 보이니……? 너의 영이야. 멋있게 키워 줘서 고맙다."

나는 아이를 포옹하였다.

아이도 따뜻하게 포옹하며 말한다.

"신기하다……. 그런데 장모님 마음을 너는 알 수 있니?"

"장모님은 보이는 네가 신부에게 사랑을 알려 주길 바라지……. 그것이 신의 창조 목적이지……."

나는 아이 마음속으로 스며든다.

아이가 눈을 뜨니 손에 책이 쥐어져 있고, 건물 안에서는 어린아이들이 춤을 추고 사람들은 노래한다.

아이 어머니는 별이를 안고 덩실덩실 제자리 춤을 추며 말한다.

"별아, 커다란 신의 디딤돌이 되어라."

별이는 웃으며 손뼉을 친다.

새벽,

닭순이의 우렁찬 소리에 세쌍둥이가 웃음소리로 답변한다. 아이와 신부는 세쌍둥이 웃음소리에 미소 지으며 눈을 뜬다. 가족들은 나들이 복장을 하고 접시 공장을 지나 칠백 명의 의로운 영에게 인사하러 간다. 가족은 기념탑 정상에서 연못을 보고 석비와 커다란 묘를 내려다본다. 안고 있던 별이를 목마 태우고 기념탑 주위를 돌며 말한다.

“별아! 좋아!”

옆에 있던 신부는 달이와 해 얼굴을 보고 미소만 짓고 있다.

아이는 목마 상태에서 별이의 양 손목을 잡고 만세 하며 말한다.

“아빠가 옛날이야기 해 줄까?”

별이는 온몸을 흔들며 홍얼거린다. 아이는 다정다감한 목소리로 말한다.

"옛~날 400년 전에 이곳에는 우리의 할아버지와 할머니들이 살고 있었단다. 그런데 이웃 나라에서 조총과 칼을 가지고, 우리 조상님들을 점점 슬프게 하고 마음 아프게 하면서 우리의 할아버지와 할머니들이 사는 이곳까지 왔다. 이유는 무얼까?"

아이는 별이의 양 손목을 흔들면서 얼굴을 힐끔 본다.

별이는 진지한 표정에 눈빛이 빛난다.

아이는 별이 얼굴 표정이 신기해 말을 이어간다.

"수륙병진작전으로 남쪽 바다에 이순신 장군을 포위해서 수군에서도 육군에서도 공격하기 위해. 이곳이 남쪽 바다로 가는 첫 관문이거든. 그래서 조헌 선생과 영규대사가 이끈 의로운 칠백 명은 용감히 싸웠지만 적의 수가 너무 많아. 한날한시에 돌아가셨다.

할아버지와 할머니들은 가족을 위해서 이웃을 위해서 희생하셨지."

아이는 다시 별이 얼굴을 본다.
별이는 눈에 들어오는 칠백의총 전체 풍경 환상 속을 보며 그 시대를 보듯, 온 정신을 집중함에, 아이는 신기한 표정을 지으며 말을 잇는다.
"…적들 또한 엄청난 피해를 보고 육군은 남쪽 바다로 갈 수가 없었지……. 그 결과는 한산해전에서 대승하였다. 이순신 장군은 그 후 7년 동안 싸우면 무조건 이겼다. 도망가려는 적을 향해 남쪽 노량 앞바다에서 말씀하셨지.

[한 명의 적도 살려서 보내지 말아라!]

추격하면서도 마음속에 품은 여러 가지 생각에 적의 조총에 맞아 돌아가셨지.
적은 겨우 일부만 살아서 도망감으로 전쟁은 끝났고, 이순신 장군은 적에게 두려움의 상징이었고 우리에게는 끝없는 사랑을 알려 주었다."

"그 사랑을……,
우리는 일부만 알고 있다.
별이는 알아? 달이는, 해는 알아?"

세쌍둥이의 총명한 눈에 비치는 칠백의총 풍경은, 의로운 영들이 환한 미소로 푸른 잔디와 연못, 나무, 돌 주위를 청소하고, 지나가는 사람에게 솜사탕 같은 기분 좋은 정신을 전해 주고 있다.

아이는 세쌍둥이의 얼굴을 유심히 보며 생각한다.
'무엇을 보고 있니. 아빠가 이야기하는 것 그 이상을 보니?'
아이는 세쌍둥이 볼에 뽀뽀하고 말한다.
"좋~아."
최별, 최달, 최해는 미소 지으며 말한다.
"조, 아, 조~아."

아이와 신부는 놀라며 세쌍둥이를 쳐다본다.

세쌍둥이의 첫 말이었다.

아이는 별이를 목마 태우고, 신부 손을 잡은 달과 해에게 말한다.

"남쪽 바다로 가자!"

아이 가족은 남쪽 바다를 향해 목적이 있는 여행을 간다.

고속도로 위에서,

아이는 장모님의 부탁을 들어주기 위해 좋은 생각을 하고,

신부는 곤고한 생각에 세쌍둥이를 보며 입술이 자신도 모르게 나온다.

가운데 자리에 안전벨트 착용한 별이는 라디오 전원을 가리키며 홍얼거리자, 신부는 별이 행동에 라디오를 켜 주니 준비된 노래처럼 나온다.

[내가 찾는 아이 흔히 볼 수 없지

넓은 세상 볼 줄 알고 작은 풀잎 사랑하는~

워~워~ 흔히 없지 예~예~ 볼 수 없지

내가 찾는 아이 흔히 볼 수 없지

내일 일은 잘 모르고 오늘만을 사랑하는~

워~워~ 흔히 없지 예~예~ 볼 수 없지]

아이와 신부는 라디오 리듬에 맞춰 노래한다.

[내가 찾는 아이 나는 볼 수 있지]

신부가 부른다.

[사랑하는 내 아기 별이도]

아이가 부른다.

[사랑하는 달이와 해도]

같이 부른다.

[워~워~ 볼 수 있지 예~예~ 나는 볼 수 있어
워~워~ 볼 수 있어 예~예~ 나는 볼 수 있지]

남쪽 바닷가 앞의 캠핑장에서 가족 저녁 식사를 위해, 신부는 이것저것 준비해서 밥상 준비를 한다. 아이는 세쌍둥이와 바닷가를 보며 이야기 한다.

세쌍둥이는 자신이 가장 소중히 여기는 요구르트를 조용히 먹고 있다.

아이는 막걸리와 잔을 가지고 바다를 향해 예로써 따르려고 하는 그 순간, 세쌍둥이가 식탁을 붙잡고 일어나는 것이다.

아이도, 신부도 조용히 세쌍둥이에게 시선이 간다.

별이와 달과 해는 엉거주춤 일어나 오른손에 요구르트를 잡고, 한 손으로 식탁을 짚으며 조금씩 조금씩 바닷가로 향한다. 신부와 아이는 온 마음과 정신이 세쌍둥이의 숨소리, 팔, 다리 모든 행동 하나하나를 지켜보고 있다.

별이와 달과 해는 온 힘을 다해 남쪽 바닷가 앞에 흔들흔들 서서,

동시에 요구르트를 두 손으로 잔에 따른다.

그 광경에 신부와 아이는 알 수 없는 눈물이 눈가에 고인다.

“야! 우리 세쌍둥이가 조상님들에게 가장 소중한 것을 주네!”
처음 느끼는 사랑이라…….
아이와 신부는 각각 온전한 뜻을 알기에, 순수한 사랑에 눈물이 또 고인다.

저녁 식사를 마치고 아이는 피곤한 육신 때문에, 신부와 세쌍둥이의 정다운 모습을 보고 미소 지으며 조용히 옆에서 눈을 감는다.
아이의 코 고는 소리는 나를 부르는 소리다.

(속사람)나는 아이와 만나러 들어간다.

좋은 나무들이 호흡하는 잔디 위에 아이는 포근히 자고 있다.
나는 아이의 지친 몸을 치유하는 전신 마사지를 하면서 이야기했다.
"더욱 강한 몸과 마음으로 가족과 이웃에게 보이는 육신으로, 보이지 않는 사랑을 해 주어야지."
아이는 상쾌한 얼굴로 일어나 나를 보며 말한다.
"어떻게 보이지 않는 사랑을 전해 줄까?"
"음……. 그냥 네가 생활하는 자체가……."
아이는 미소 지으며 고개를 갸우뚱한다.
나도 갸우뚱하며 미소 속에 말했다.
"나는 너의 순수한 믿음이 있어 조상들의 언행을, 가족의 사랑을, 사람들에게 느끼는 감정을 주는 대로 잘 받아 주었잖아……. 그래서 나도 너도 많이 컸잖아……. 겉사람과 속사람이 서로 깨닫는 것."
우리는 서로 마주 보고 더 잘해 보자는 표정을 지으며 말없이 미소 짓는다.

한참을 서로 본다.

아이는 말을 한다.

"진실이 언젠가는 밝혀지겠지?"

"그럼, 무탈하게 임무 수행을 잘한다면, 지금도 차곡차곡 잘 쌓아 가고 있으니까.

통일도 보고 새로운 세상도 보고."

우리는 서로의 믿음이 무엇인지 잘 알고 있다.

그것이 사랑이다.

(아이)마음이 포근해 눈을 떴다. 창가에 새벽 기운이 가득해 나뿐만 아니라 속사람도 좋아하는 것 같다.
나는 창가에 서서 잠자는 색시와 세쌍둥이들을 보고 또 천장을 보았다.
'아버지가 사랑만 알아도 가족도 지킬 수 있었는데, 시대적으로 불편한 임무이지만
생각할 수 있는 여유만 가졌으면. …아버지는 왜 천장을 보았을까?'
넋 놓고 천장을 보는 순간 보였다.
공간과 시간이 더 세세히 보였다.
행성 그다음 항성 또 은하가, 이 모든 형태의 물질과 에너지가,
이 모든 것이 우주라는 것이 보였다.
'아버지 자신보다 가족보다 민족보다도 더 큰 그림을 보았군요.'

나는 새벽에 일어나 색시를 깨워, 세쌍둥이랑 같이 조그만 곳에서 하루

를 시작한다.

기도하기 전 시원한 물을 마시고 포근한 공간으로 들어가 맨 뒷자리에 앉아 눈을 감는다.

속사람은 내게 말을 건다.

“너 외계인이 있다고 생각하니?”

나는 엉뚱한 질문에 웃음부터 나왔다.

“알지. 아주 잘 알지. 너구리 아줌마가 접시 공장의 비밀을 알려 주셨지.”

속사람이 말을 한다.

"사람들이 지구상에 존재하기 전 신은 그전 우주의 생명에게 사랑을 주었지. 그 생명들은 사람들보다 더 큰 과학 기술이 발달하여 사람들이 상상도 하지 못한 일들을 하였지…….

이 행성에서 저 행성으로 자유로이 이동하고, 부족한 것보다 넘쳐흐름이 점점 신의 근본적인 사랑을 잊어버리고 자신들만의 세상을 만들려고 하다, 신에 의해 먼지 하나 없이 사라졌지……. 그래서 우주에는 인간들만 존재한다. 우주의 중심이 지구야. 우주의 모든 것이 지구를 위해 운행하는 것, 아이야! 너는 알지 신의 사랑을……."

나는 속사람을 바라보며 앞으로 다짐하는 표정을 짓고 말을 했다.

"아리수 너구리의 해와 달 그리고 별, 이 모든 것이 신의 창조 목적이지."

목차

아리수 너구리

초판 1쇄 발행 2023년 11월 11일

지은이 최병진
펴낸이 이기봉
편집 좋은땅 편집팀
펴낸곳 도서출판 좋은땅
주소 서울특별시 마포구 양화로12길 26 지월드빌딩 (서교동 395-7)
전화 02)374-8616~7
팩스 02)374-8614
이메일 gworldbook@naver.com
홈페이지 www.g-world.co.kr

ISBN 979-11-388-2456-9 (03810)

• 가격은 뒤표지에 있습니다.